KB113791

불사지존

녹룡 新무협 판타지 소설

FANTASTIC ORIENTAL HEROES

4

불사지존 4

녹룡 新무협 판타지 소설

초판 1쇄 찍은 날 § 2014년 1월 16일
초판 1쇄 펴낸 날 § 2014년 1월 24일

지은이 § 녹룡
펴낸이 § 서경석

편집부장 § 권태완
편집책임 § 박은정

펴낸곳 § 도서출판 청어람
등록번호 § 제1081-1-89호
등록일자 § 1999. 5. 31
어람번호 § 제2-2449호

주소 § 경기도 부천시 원미구 심곡2동 163-2 서경B/D 3F (우) 420-822
전화 § 032-656-4452팩스 § 032-656-4453
http://www.chungeoram.com
E-mail § chungeorambook@daum.net

ⓒ 녹룡, 2013

ISBN 978-89-251-3673-8 04810
ISBN 978-89-251-3568-7 (세트)

※ 파본은 구입하신 서점에서 교환하여 드립니다.
※ 저자와 협의하여 인지를 붙이지 않습니다.
※ 이 책은 도서출판 청어람과 저작자의 계약에 의해 출판된 것이므로,
　무단 전재 및 유포·공유를 금합니다.

불사지존

녹룡 新무협 판타지 소설

FANTASTIC ORIENTAL HEROES

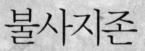

4

도서출판 청어람

불사지존 不死至尊

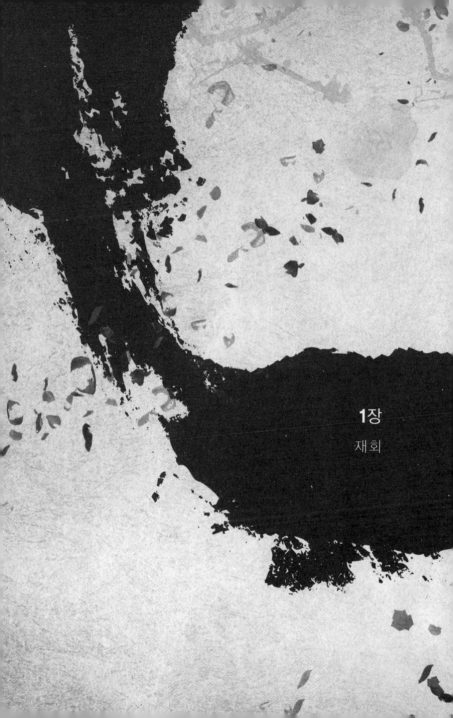

1장

재회

　약방 내부의 환자실.

　그곳엔 청월을 제외한 일행이 앉아 있었다.

　그들은 청월과 일훈이 있는 진료실을 훔쳐보기에 바빴다.
정말로 뜻밖의 일이었다.

　신의라 불리는 낭중 일훈과 청월이 면식이 있었다니.

　이로써 진수연의 치료에 한줄기 희망이 더해졌다.

　지인의 환자라면 좀 더 신경을 쓸 수밖에 없을 테니까.

　"청월이한테 뭐 들은 거 없어요?"

　"무엇을 말이죠?"

제갈선의 말에 백예린이 고개를 갸웃했다.

"어렸을 때 이야기요. 문파에 있을 때 의원들과 친했다던 가 하는 거 있잖아요."

"…제가 어떻게 그런 걸 알겠어요?"

백예린이 쌀쌀맞게 대답했다.

이런 사적인 부분은 스스로 입을 열지 않는 한 알 수 없었 다.

"저번에 객잔에 있을 때 청월이랑 밤을 새웠잖아요."

제갈선이 장난스럽게 웃으며 말을 이었다.

"그때 이것저것 들은 게 있지 않을까 생각했어요."

"……."

"둘이서 밤새 뭐했어요?"

그의 직언에 백예린의 얼굴이 새빨갛게 달아올랐다.

설마 제갈선이 거기까지 알고 있을 줄은 몰랐다. 청월이 그 날의 일을 입 밖에 낸 것일까.

"아무 일도… 없었어요."

"표정은 그게 아닌데요?"

"모르면 가만히 계세요."

백예린의 눈빛이 독수리처럼 날카로워졌다.

더 이상 깐죽거렸다간 목숨이 위태로울 수 있었다. 제갈선 은 꼬리 만 강아지 꼴로 입을 다물었다.

"빨리 결판이 나야 할 텐데."

화룡천의 독백이 흘렀다.

그는 다른 때와 달리 초조해 보였으며, 진료실과 진수연을 번갈아 응시했다.

진수연의 상태가 더욱 나빠지고 있었다.

그녀는 침대에 누웠는데 손끝부터 발끝까지 피부가 새하얗고 숨 쉬는 것조차 힘들어 하고 있었다.

즉, 이곳에서 승부를 봐야만 하는 것이다.

'이번 의원은 수연이를 치료할 수 있을까?'

시선이 다시금 진료실에 닿았다. 지금은 그저 기다리는 것 밖에 도리가 없었다.

* * *

"야, 설마 너를 이렇게 빨리 볼 줄은 몰랐다."

일훈은 너스레를 떨며 청월의 어깨를 두드렸다.

오래된 지기를 보니 새처럼 날아갈 듯한 기분이다. 안 그래도 낭중을 하는 동안에는 마음 붙일 곳이 없어서 큰 고생을 했다.

그를 보니 떠돌이의 애환과 고독이 단번에 날아갔다.

청월을 보고 있는 것만으로도 의방에 돌아간 느낌이었다.

"나도 깜짝 놀랐다. 근데 넌 참 많이 변했어."

청월이 피식 웃으며 말했다.

낭중을 하기 전과 후의 일훈은 천지차이였다.

우선 살이 엄청 빠졌는데, 뱃살과 볼 살이 완벽하게 실종됐다.

동물로 비교하자면 예전에는 돼지, 지금은 늑대로 비유할 수 있었다.

일훈의 턱은 종이라도 벨 것처럼 날카로웠으며 눈매도 매서워졌다.

"뭐, 워낙 고생을 했으니까. 떠돌아다니는 게 보통 일은 아니더라. 구름같이 살 팔자는 아니었나 봐."

일훈은 그렇게 말하고 청월을 응시했다.

"근데 넌 변한 게 없다. 아니지. 기분 나쁘게 더 잘생겨졌잖아."

"칭찬이지?"

"그래, 칭찬이다. 참 내, 하늘도 불공평하다니까. 문파도 좋고 얼굴도 잘생기고. 이건 너무하잖아."

일훈이 툴툴거렸다.

그의 앙탈에 청월은 그저 웃고 말았다.

그는 일훈의 이런 모습까지도 그리워했다.

일훈이 아니라면 누가 이렇게 솔직한 말을 해줄 수 있을까.

"……."

청월의 시선이 문득 일훈의 볼에 멈추었다.

그의 볼에 검지만 한 크기의 검상이 있는 탓이다.

이만한 흉터가 남았다면 당시에는 꽤나 심각한 부상이었을 것이다.

"별거 아니야. 신경 안 써도 돼."

일훈이 대수롭지 않게 흉터를 만지작거렸다. 본인이 말하기를 꺼려 더 묻지는 않았다.

"근데 한 가지만 물어볼게."

"뭔데?"

청월의 말에 일훈이 눈을 동그랗게 떴다.

"왜 곽문기라는 이름으로 돌아다녔어? 좋은 이름 내버려두고."

"아, 그거?"

일훈이 시원하게 웃으며 가명에 대해 언급했다.

그가 가명을 사용한 이유는 간단했다.

나중에 의방에 돌아가서 만룡방과 청월을 크게 놀라게 해주기 위함이었다.

중원에 못 고치는 병이 없는 신의 곽문기가 있는데, 사실은 그게 바로 나라고 폭탄선언을 할 생각이었던 것이다.

하나 이렇게 들통 났으니 작전은 완벽한 실패였다.

"…남 놀라게 하는 데 재주가 있다니까."

"하여튼 만룡방 의원님께는 아직 말하지 마. 알았지?"

일훈이 검지를 손가락에 갖다 대었다.

어쩌면 그렇게 어릴 적 장난치던 모습과 똑같을까. 청월은 하마터면 박장대소를 할 뻔했다.

"알았다."

청월이 작게 고개를 끄덕였다.

이런 장난이라면 그도 동참해 줄 용의가 있었다.

두 사람은 마주 앉은 채 회포를 풀기 시작했다.

그들 사이에는 서로 알지 못하는 삼 년간의 간격이 있었다.

이렇게 재회했으니 그 간격을 메우지 않으면 안 됐다.

진정한 지기란 상대를 자신의 가슴에 품는 것이다.

의방을 나간 일훈은 곳곳을 떠돌며 다양한 환자를 보았다고 했다.

바깥에는 알려지지 않은 병이 많았고, 이를 치료하면서 많은 것을 깨달았다.

또한 우연한 기회에 만룡방 외에 다른 의원들에게 의술을 전수받기도 했단다.

"만룡방 의원의 침술은 중원 제일이지. 나는 거기에 뜸을 뜨고 약재를 혼합하는 법, 장기를 가르는 법까지 추가로 익혔어. 조금 있으면 천상의 경지를 잡을 수 있을 것 같아."

그는 그렇게 말하고 청월을 응시했다.

"예전의 내기 기억하지?"

"아, 그거? 그걸 잊을 수 있겠어?"

"진짜 무림 제일의 미녀를 준비해야 된다. 이 몸은 진짜 얼마 안 남았다고."

"두고 봐라. 나도 분투하고 있으니까."

두 사람은 서로를 보며 피식 웃었다.

추억을 공유한 사람이 있다는 건 즐거운 일이었다. '아' 하면 '어' 하고 대화가 이어지니까 말이다.

"그럼 슬슬 일어나 볼까?"

일훈이 몸을 일으켰다. 그는 기지개를 켠 뒤 손목을 꺾기 시작했다.

"벌써 일어나게?"

"너 환자 데려왔을 거 아니야. 일단 진료부터 끝내고 이야기하자고."

과연 일훈은 속이 깊었다.

그는 의료함을 챙긴 뒤 방을 나갔다.

그의 등장에 일행의 시선이 단번에 쏠렸다. 그들의 눈빛에 담긴 것은 순수한 기대감이었다.

그라면 진수연을 치료할 수 있지 않을까 하는 것이다.

"청월이의 친구 분이라고 하니 진료는 확실하게 보겠습니다."

"그 아이는 희귀병을 앓고 있다. 결코 쉽지 않을 거야."

화룡천이 한마디 했다.

지금껏 만난 의원도 처음에는 다 자신만만해했다.

하나 막상 진료를 하면 얼굴을 찌푸리며 손을 떼곤 했다.

그만큼 진수연의 병은 만만치 않았다.

"잘됐네요. 쉬우면 재미없을 테니까."

일훈이 미소를 띠며 말했다.

그는 곧 진지한 태도로 진료를 시작했다.

우선 손으로 진수연의 맥을 짚었으며 호흡 소리를 듣고 눈동자의 색을 살피기도 했다.

신중하고 조심스러운 모습이었다.

일행은 그를 보며 숨조차 편히 쉬지 못했다.

만약 일훈이 손을 놓으면 모든 것이 끝장이었다. 진수연에게는 퇴로가 없는 탓이다.

"정말… 장난이 아닌데?"

일훈의 얼굴에 묘한 미소가 어렸다.

그는 거침없이 진수연의 가슴 섶을 파헤쳤다.

그녀의 뽀얀 속살이 드러나자 청월과 제갈선이 고개를 돌렸다.

하나 일훈은 아무렇지 않은 표정으로 세침을 집어 들었다.

"부끄러워하지 말고 보는 게 좋을 거야."

"……."

"뭐가 잘못됐는지는 알아야 하지 않겠어?"

일훈이 신중하게 심장 부근에 침을 찔러갔다. 그런데 그 순간 놀라운 일이 벌어졌다. 침이 반쯤 들어갔다가 다시 튕겨진 것이다.

일훈이 다시금 침을 놓았지만 결과는 같았다.

진수연의 육체는 마치 침을 거부하는 것처럼 토해낼 뿐이다. 신기한 현상에 일행은 모두 혀를 내둘렀다.

"대체 왜 이러는 거지?"

"뭐, 타고난 육체 때문이죠. 이 아가씨는 세정혈맥(細停血脈)을 가지고 있어요."

"세정혈맥?"

일행이 놀라서 되물었다.

세상에는 희귀한 질병과 신체가 많다고 하지만 이런 혈맥 이야기는 듣지 못했다. 일행이 놀라자 일훈이 찬찬히 설명을 이었다.

세정혈맥이란 선천적으로 타고나는 질환이다.

나이를 먹으면 먹을수록 혈관이 좁아지며 결국에는 돌처럼 딱딱하게 굳어버린다. 이에 피가 통하지 않으며 사지에 마비가 온다.

또한 이것이 지속되면 아예 장기가 썩어 죽게 된다.

"심장 쪽 혈맥에 이미 단단해졌어요. 세침을 튕겨낸다는 건 말기라는 소리죠."

"그럼 살릴 수는 있는 건가?"

화룡천이 다급하게 물었다.

진수연의 병명을 알았다는 것이 큰 수확이었지만 그것만으로는 부족했다.

그녀가 건강해지지 않으면 결국엔 모두 부질없었다.

"……."

그의 질문에 방에 싸늘한 침묵이 감돌았다.

이번 여정의 핵심이 바로 이 질문의 대답에 달려 있었다. 과연 일훈은 그녀의 병을 치료할 수 있는 것일까.

일훈은 한숨을 내쉰 후 일행을 훑어보았다.

"만년백초 열 뿌리, 성산약수 스무 모금, 독청버섯 다섯 개. 이 정도만 준비하면 치료가 가능합니다."

일훈이 말한 것은 모두 구하기 힘든 영약들이었다.

만년백초의 경우 만년설삼만큼이나 구하기 힘들고, 특히 독청버섯은 험난한 절강지방에서만 자라는 버섯이다.

이것들은 평범한 사람이라면 평생 구해도 얻지 못할 것들이었다.

"그것만 있으면 가능하다는 말인가?"

"물론입니다. 준비만 된다면 경과를 보는 데도 육십 일이면 충분해요."

"제공할 수 있다. 치료만 가능하다면."

화룡천이 화끈하게 대답했다.

흑룡회의 힘이라면 그 정도의 영약은 어렵지 않게 구할 수 있으리라.

이제 진수연의 치료는 모두에게 기정사실처럼 받아졌다.

영약만 있다면 당장에라도 치료가 가능하기 때문이다.

그런데 바로 그때였다.

일훈이 청월의 어깨에 손을 얹은 뒤 입을 열었다. 그의 한마디로 인해 방 안에 싸늘한 정적이 찾아들었다.

"근데 난 치료 안 할 거다."

일훈에 말에 일행은 당황을 금치 못했다.

그동안 본 의원들은 치료가 불가능해서 치료를 하지 못했다.

하나 일훈은 능력이 있음에도 치료를 거부했다.

상황이 전과는 백팔십도 달라진 것이다.

"…어째서?"

"이 여자, 사파의 무사지? 맥을 짚어보고 알았다. 진기가 역으로 돌고 있더군."

일훈의 시선이 화룡천에게 고정되었다.

"난 흑룡회 인간들은 치료 안 합니다. 다른 사람을 찾아보세요."

말이 끝나기 무섭게 화룡천이 달려들었다.

청월이 앞을 가로 막았지만 소용없었다. 그는 이미 청월의 동선을 예측해 반원을 돌았다.

철컥.

날카로운 금속성과 함께 검이 일훈의 목에 닿았다.

"이 아이를 살리지 않는다면 넌 죽는다."

"협박하는 겁니까?"

"보고 느끼는 그대로다."

화룡천의 음성에 냉기가 폴폴 풍겼다.

적으로 만나는 그가 얼마나 무서운지 일행은 잘 알고 있었다.

하나 일훈은 눈썹 하나 까딱하지 않았다.

"내 목숨을 소중하게 여겼으면 의원 따위는 하지 않았어. 차라리 장사를 해서 배를 불렸겠지."

일훈은 화룡천을 상대함에도 전혀 물러섬이 없었다.

오히려 자신의 목을 검에 바짝 붙이려 했다. 이에 당황한 화룡천은 서둘러 검을 거둘 수밖에 없었다.

그의 당당함은 어느새 일행 전체를 압도했다.

"네가 환자를 데려와서 모처럼 손을 쓰려고 했는데… 미안하게 됐다."

일훈은 손을 흔들고 진료실로 돌아갔다. 다 잡았다고 생각한 희망이 도망치고 있었다.

*   *   *

한차례 폭풍이 끝난 후,

일행은 동그랗게 모여 앉아 대책을 논의했다.

진수연을 치료할 의원을 찾았지만 정작 그는 진료를 거부했다.

목숨을 위협해도 진료를 보지 않으니 미치고 환장할 노릇이었다.

특히 화룡천은 노기를 참지 못해 바깥에서 검을 휘두르기까지 했다.

"방법이 없을까요?"

백예린이 한숨을 쉬며 말했다.

그녀의 시선이 문득 진수연에게 향했다.

그녀는 비지땀을 흘리며 신음을 토하고 있었다. 위급한 상황이라는 건 삼척동자라도 알 정도였다.

"네 친구, 원래 저렇게 성격이 삐뚤어진 사람이야?"

"못 본 사이에 조금 변한 모양이야."

청월에 얼굴에 씁쓸한 미소가 어렸다.

아직도 눈을 감으면 떠올릴 수 있었다. 어린 일훈이 지극정성으로 환자들을 치료하던 모습을 말이다.

환자가 신음이라도 흘리면 그는 어디선가 나타나 안위를 묻곤 했다.

그런데 그는 진수연의 아픔을 알고 있음에도 모른 척했다.

대체 무엇이 그를 변하게 만든 걸까.

"내가 한 번 더 이야기해 볼게."

청월은 인기척을 낸 뒤 방으로 들어갔다.

일훈은 등을 진 채로 강아지와 놀고 있었다.

강아지는 청월을 보더니 꼬리를 살랑거리며 다리에 몸을 비볐다.

"염병할 개새끼. 또 저놈을 쫓아가는 거냐?"

일훈은 청월과 강아지를 번갈아 보며 웃었다.

진수연의 치료를 거부했다고는 하지만 청월에 대한 우정까지 변한 것은 아니었다.

청월은 강아지의 머리를 쓰다듬으며 자리를 잡았다.

"치료 이야기를 할 거면 돌아가. 아무리 네 부탁이라도 그

건 들어줄 수 없어."

"그전에 말이야, 듣고 싶은 게 있다."

"뭘?"

청월의 말에 일훈이 고개를 갸웃했다.

"진 소저를 치료하지 않는 이유 말이야."

"……."

"이유라도 들어야 속이 편하겠어."

"알았다."

일훈은 고개를 끄덕이더니 볼에 난 검상을 가리켰다. 그의 표정에선 어딘지 모르게 노기가 흐르는 듯했다.

"길가에 쓰러져 있던 무사를 구해준 적이 있다. 검상이 심해서 죽기 직전이었지. 나는 의료함에 있는 모든 것을 사용해 그를 구했다. 그런데……."

일훈이 잠시 뜸을 들인 뒤 말을 이었다.

"그놈이 나한테 뭐라고 했는지 알아?"

"……."

"자신을 따라 흑룡회에 가입하라는 거야. 내 의술을 흑룡회를 위해 써보라고 하더군."

일훈은 당연히 제안을 거부했다. 의원의 역할은 사람을 보고 질병을 고치는 일이다. 따라서 소속을 가진다는 것은 의미가 없었다.

"싫다고 하니 그놈은 돌연 나를 죽이려 들더군. 나를 살려 두면 내가 정파인들을 치료해서 흑룡회 사람을 죽인다나 어쩐다나?"

"상처는… 그때 생긴 거야?"

"그래. 이거 치료하는 데 꽤나 애를 먹었다. 거울을 보면서 직접 상처를 살폈으니까."

일훈이 쓸쓸하게 웃었다.

그의 모습은 예전과 같았지만 또한 예전과 다르기도 했다.

낭중 생활을 하면서 청월이 알지 못한 아픔을 겪은 것이다.

그 아픔과 상처로 인해 일훈은 변하고 말았다.

"흑룡회 인간은 치료하지 않을 거야. 앞으로도 계속."

일훈은 잠시 뜸을 들인 뒤 말을 이었다.

"보상을 받으려고 진료를 하는 건 아니지만 내 뜻까지 곡해하는 인간들과 상종할 순 없지. 네가 어떻게 흑룡회 사람들을 만났는지는 모르겠지만 그 여자는 포기해라."

"일훈아, 그 사람이 몹쓸 짓은 한 건 확실해. 하지만 그것 만으로 흑룡회 사람을 모두 악인으로 몰 수는 없어.

청월이 안타까움에 한마디 했다.

일훈의 아픔이야 모르는 바 아니지만 그렇다고 그 아픔을 흑룡회 전부로 전가할 수는 없었다.

사마외도에 몸을 담았다고 해도 상대는 사람이다.

정파인과 같이 피와 눈물을 흘리는 사람인 것이다.

"환자가 재채기만 해도 뛰어들던 너잖아. 네 귀엔 진 소저의 아픔이 들리지 않아?"

"모른다, 그런 거."

일훈은 애써 시선을 피했다.

아무리 청월의 부탁이라도 진소연을 치료할 마음은 없었다.

그렇게 되면 볼에 남은 상처는, 그곳에 켜켜이 쌓인 아픔은 어떻게 할 것인가.

"일훈아."

청월은 잠시 뜸을 들인 뒤 말을 이었다.

"넌 반드시 진 소저를 치료하게 될 거야."

"…설마 너마저도 내게 무력을 쓰겠다는 거냐?"

두 사람의 시선이 허공에서 팽팽하게 부딪쳤다.

방금 전까지의 대화가 무색할 정도로 차가운 기운이 뿜어졌다.

"의료함을 챙겨서 밖으로 나와."

"아니. 그렇게 못해. 치료는 안 할 거라고!"

"일단 내 말을 따라줘. 이유는 곧 알게 될 테니까."

청월이 진료실을 나서는데 앞에서 꽈당 하는 소리가 들렸다.

제갈선이 문 앞에서 대화를 엿들었던 것이다. 그는 서둘러 일어선 뒤 머리를 긁적였다.

"난 들은 거 없어."

"괜찮아. 일훈이는 반드시 치료를 할 거니까. 다들 모여주세요."

청월은 화룡천을 비롯해 일행 모두를 불렀다.

일행의 눈빛에 일말의 기대감이 서렸다.

지금의 상황에서 일훈을 설득할 수 있는 건 청월뿐이었으니까.

"역시 친구는 치료를 안 한다고 하네요. 하지만……."

청월이 뜸을 들인 뒤 말을 이었다.

"치료를 하게 만들 수 있는 방법이 있습니다. 다들 그렇게 알고 계세요."

"힘을 써서는 움직일 분이 아니던데. 묘수가 생긴 건가요?"

백예린이 물었다.

일훈에게선 천하맹주와 같은 쇠고집이 느껴졌다. 그 고집은 아마 절대로 꺾을 수 없으리라.

"의원 일훈은 상대할 수 없지만 벗인 일훈을 상대할 방법이 있거든요."

청월의 얼굴에 작은 미소가 피어올랐다.

이윽고 떨떠름한 표정의 일훈이 모습을 드러냈다.

그는 청월을 향해 묘한 눈빛을 쏘아냈다.

그것은 마치 네가 '나를 어쩔 건데?' 라고 말하는 것 같았다.

그가 치료를 하지 않겠다고 마음먹으면 그 누구도 이를 강제할 수는 없었다.

"누누이 이야기하지만 난 저 여자를 치료할 생각이 없어. 나를 죽이거나 삶더라도 결과는 달라지지 않아."

"일훈아, 넌 반드시 진 소저를 치료할 수밖에 없어."

"아까부터 헛소리만 하는구나. 너도 흑룡회 놈들에게 물든 거냐?"

일훈은 팔짱을 낀 채로 싸늘한 시선을 쏘아냈다.

벗과 이렇게 갈등을 빚을 줄은 그도 몰랐다. 하나 이번 치료 건만큼은 결코 양보할 수 없었다.

"아니. 다 방법이 있으니까 하는 말이다."

청월은 그렇게 말하고 소매에서 무언가를 꺼냈다. 그것은 허접한 필치로 쓰인 종이 한 장이었다. 일행은 그것을 보고 혀를 찰 수밖에 없었다.

"뭐예요, 그게?"

"지금… 장난하는 거 아니지?"

일행이 한마디씩 했다.

청월이 내민 종이는 질도 좋지 않았으며 안의 필체도 투박

했다.

언뜻 봐서는 아이가 장난으로 휘갈긴 것처럼 느껴졌다.

하나 일훈만은 아주 기묘한 표정으로 이를 응시했다. 잠시 후 그의 얼굴에 희미한 미소가 퍼졌다.

"이걸 아직도 가지고 있었냐?"

"당연한 거 아니야. 세상에 공짜는 없으니까."

청월 역시 웃으며 답변했다.

그가 내민 종이는 어릴 적 일훈이 준 일회진료권이었다. 객잔에서 공짜로 음식을 얻어먹은 게 부끄러워서 써준 것이다.

"너 그때 말했지?"

청월이 뜸을 들인 뒤 말을 이었다.

"이걸 가져오면 무슨 병이든 고쳐주겠다고. 나는 아픈 데가 없으니까 대신 진 소저를 치료해 줘야겠다."

"…정말 못 말리겠다, 넌."

"해줄 거지?"

청월의 말에 일훈은 배를 잡고 웃었다.

뱃속에서부터 퍼진 웃음이 가슴을 지나 머리까지 울려댔다.

이렇게 시원하게 웃는 것은 정말 오랜만이다.

"저건… 뭐죠?"

"글쎄요. 두 사람만 아는 비밀이 아닐까요?

제갈선과 백예린이 말을 했다.

그들은 지금 상황이 당황스러울 뿐이었다.

청월의 비책이라는 게 고작 저런 헌 종이를 내미는 것일 줄이야.

화룡천은 실망했는지 고개를 폭 떨어뜨리기까지 했다. 이젠 모든 것이 수포로 돌아가고 말았다.

하지만 바로 그때였다.

"참 나."

일훈이 눈을 훔치며 청월에게 접근했다.

그는 청월과 진료권을 번갈아 본 뒤 진료권을 손에 들었다.

종이는 이미 색이 바래 있고 살짝만 힘을 주어도 바스라질 것 같았다.

"받아주마. 환자도 옛 추억도."

일훈은 진료권을 품에 넣은 뒤 의료함을 손에 쥐었다. 그의 눈빛에 이채가 서렸다.

"자, 치료를 시작하자. 갈 길이 머니까."

일훈의 말에 일행이 탄성을 질렀다.

위협에도 꿈쩍하지 않던 그가 결국 진료를 결심했다. 믿을 수 없는 일이 벌어진 것이다.

일훈은 일행의 반응에도 아랑곳하지 않고 침술 도구를 펼쳤다.

"이봐요, 필요한 약재는 어떻게 구해줄 거죠?"

일훈이 화룡천에게 시선을 주었다.

"일단 흑룡회로 복귀해야 한다. 도착하기만 한다면 그 어떤 영약이라도 줄 수 있어."

"그럼 일단 급한 불부터 끄도록 할게요."

일훈은 그렇게 말하며 침을 놓기 시작했다. 그의 곁에는 전통적으로 사용되는 구침(九鍼) 외에도 다양한 크기와 종류의 침이 놓여 있었다.

그간의 수련을 통해 독창적으로 개발한 침들이다.

푸우우우욱.

침이 망설임없이 피부를 찔러 나갔다. 아직 굳지 않은 혈맥을 살리고 있는 것이다.

진소연의 몸은 어느새 침으로 인해 벌집이 되었다.

그 모습만 보면 일훈은 의사가 아니라 저승사자와 같기도 했다.

인간의 몸에 이렇게 많은 침을 놓아도 되는가. 이러다 오히려 사람을 잡는 게 아닌가.

일행은 모두 그런 생각을 했다.

"혈은 다 잡아놨고, 지금부턴 네 힘이 필요해."

"내가?"

청월이 놀라서 되물었다. 치료는 일훈이 하는 것이지 그가 하는 것이 아니었다.

"만년백초 같은 건 당장 구할 수 없잖아. 그러니까 네 힘으로 대체하자는 거지. 일단 진 소저의 몸에 진기를 불어넣어 봐."

청월은 침을 피해 진소연의 어깨에 손을 얹었다.

"……."

조금씩 진기를 흘리던 그는 곧 얼굴을 찌푸렸다.

혈이 좁아지고 있는 것이 느껴졌다. 그 통로가 어찌나 가는지 진기조차 제대로 통하지 않았다.

"내가 침술로 혈을 잡아놨기에 이 정도인 거야. 아까는 완전히 막혀 있었다고."

일훈이 빠르게 말을 이었다.

"네 공력으로 혈을 늘려줘. 그러면 최소한 보름 정도는 더 버틸 수 있다."

"알았어."

청월은 불어넣은 진기의 양을 높였다.

처음에는 반응이 없었지만 혈로가 갈수록 넓어져 갔다.

청월이 천도지체의 힘까지 끌어 쓴 탓이다. 새끼손가락만 하던 혈로는 금세 검지 크기만큼이나 커졌다.

"크으으으윽."

청월의 이마에 구슬땀이 맺혔다.

인간의 육체에는 수많은 혈이 존재한다. 그것들의 크기를 모두 확장하려고 하니 어마어마한 힘이 필요할 수밖에 없었다.

"됐어, 이 정도면."

일훈이 정지 신호를 보냈다.

청월이 가쁜 숨을 내쉬며 진소연을 내려다보았다. 그가 불어넣은 공력은 어마어마했는데, 무려 천도지체 힘의 육 할을 쏟아부었다.

그는 전투를 치른 것처럼 몸이 노곤해졌다.

'그래도 다행이야.'

만족스런 시선이 진소연을 향했다. 그녀의 몸을 가득 메우고 있던 죽음의 기운이 줄어들었다.

두 사람의 치료가 확실히 효과가 있었던 것이다.

"좋았어. 혈색도 돌아온다."

일훈은 맥을 짚어본 뒤 만족스런 미소를 지었다.

지금과 같은 상태라면 당분간 건강 걱정은 하지 않아도 좋았다.

"고생했다. 근데 너 공력이 어마어마한데?"

그는 시원하게 웃으며 청월의 어깨를 두들겼다.

청월이 이 정도까지 해주리라고는 상상하지 못했다. 사실은 뒤에 있는 일행에게도 힘을 빌리려 했는데 그럴 필요가 없어졌다.

"다행이네요."

"역시 신의라고 불릴 만한데?"

진소연의 상태가 호전되면서 일행은 한숨 돌렸다.

방금 전까지 팽팽하던 긴장감도 끊어지고 말았다.

그런데 바로 그때, 약방 주인과 한 무리의 무사들이 진료실로 몰려왔다.

"저놈들입니다. 이야기하는 걸 들었는데 흑룡회 어쩌고저쩌고 했어요."

약방주인이 일행을 가리켰다.

그의 얼굴에는 회심의 미소가 걸렸으며 입에는 흥분감으로 인해 침이 번들거렸다. 일행을 신고하고 포상금을 받을 심산인 것이다.

"확실하군. 흑룡회 인원이다."

무사 중 한 명이 튀어나왔다.

그는 민머리에 회색빛 가사를 걸쳤다. 태산북두 소림의 무승인 것이다.

그의 이름은 무각.

이번 추격 임무를 맡은 황룡전대의 대장이었다.

그는 일행을 훑어보는 것만으로도 단번에 상황을 파악했다.

침상에 누운 것은 최고장로의 여식 진소연일 것이고 나머지는 이를 호위하는 무사들이리라.

'그럼 이자들 중에 화룡천이 포함되어 있다는 건가?'

그는 화룡천과 청월에게 특히 주목했다. 그들의 무위가 범상치 않았던 탓이다.

"다 끝났다. 이젠 도망칠 곳이 없어."

무각이 담담하게 말했다. 그가 뿜어내는 위압감에 일행은 모두 석상처럼 얼어버렸다.

[야, 이제 어떻게 할 거냐?]

제갈선의 전음이 귓가에 파고들었다.

그의 말은 짧았지만 많은 의미를 함축하고 있었다. 화룡천과 진소연은 무사히 일훈을 만났다.

이제 그들이 할 일은 흑룡회로 복귀해 치료에 전념하는 것이다.

청월 일행의 입장에선 계약 조건을 모두 지킨 셈이다.

그들이 당장 돌아선다고 해도 문제가 될 것은 없었다.

[일단 화룡천이 탈출하게 돕자.]

[뭐라고? 너 제정신이냐?]

제갈선의 얼굴이 종잇장처럼 구겨졌다. 그로서는 청월의 판단을 이해할 수 없었다.

이 자리에서 화룡천을 사살하거나 포획한다면 천하맹은

큰 성과를 거둔다.

그런데 오히려 그를 돕자고 하다니 무슨 헛소리란 말인가.

[일단 내 말을 따라줘. 부탁이다.]

청월은 그렇게 말하고 뜻을 백예린에게도 전했다.

그가 화룡천의 도망을 돕는 이유는 간단했다.

화룡천을 돕는 것이 천하맹 무사들이 사는 길이기 때문이다.

'어쩔 수가 없다고.'

청월이 쓴웃음을 지었다.

그는 사람들이 들어오자마자 보고 말았다.

그들의 몸에 그득한 죽음의 기운을. 상황을 생각해 보면 그들은 분명 화룡천의 검에 목숨을 잃게 될 것이다.

무각과 황룡전대의 대원이 강하다 해도 화룡천을 감당할 수준은 아닌 것이다.

거기에 힘이 빠진 현재의 청월은 더더욱 그와 맞설 수 없었다. 그리고 이것들만큼이나 중요한 이유가 한 가지 더 있었다.

"어쩔 수 없는 건가?"

화룡천이 쓴웃음을 지으며 검을 뽑아 들었다.

위치를 발각당했다면 모두 죽이고 도망치는 것밖에 방법이 없었다.

땡중이 강해서 시간이 조금 지체되겠지만 어쩔 수 없는 노릇이다.

앞을 가로막는 것은 모두 베어낸다. 그것이 그의 신조 중 하나였으니까.

그런데 그가 나서려는 찰나,

청월이 앞을 가로막았다. 그의 손에는 어느새 예기를 띤 선풍검이 들려 있었다.

철컥.

이음새를 분리하여 검을 두 조각으로 쪼갰다. 청월은 이를 들고 담담하게 황룡대원들을 응시했다.

그 효과는 대단했다.

별안간 펼쳐진 쌍검에 황룡대원들의 얼굴이 새파랗게 질렸다.

쌍검술 하면 천살섬의 주인공 화룡천을 떠올릴 수밖에 없었다.

[도망치세요. 이쪽에서 시간을 벌 수 있을 테니까.]

청월이 전음을 보냈다.

[진심인가? 우리 계약은 끝난 걸로 아는데.]

화룡천이 의외라는 듯 되물었다.

사실 그는 청월을 비롯해 대원들을 모두 싹 쓸어버릴 생각이었다. 후환을 남겨두었다간 피곤해질 게 분명했다.

[끝나지 않았어요. 여기서부터 시작이죠.]

청월은 슬쩍 뒤를 돌아보았다.

그의 시선이 멈춘 곳은 다름 아닌 일훈이었다. 일훈은 침을 거둔 뒤 진소연의 혈을 압박하고 있었다.

추가적인 치료에 들어간 것이다.

[시간을 버는 조건으로 한 가지 부탁이 있습니다.]

[…말해보아라]

[일훈이를, 제 친구를 무사히 중원으로 돌려보내주세요.]

청월이 무겁게 한마디 했다.

일훈은 자신 때문에 흑룡회의 본거지까지 끌려가게 됐다. 혹시 일신에 문제가 생긴다면 평생 상처가 될 것이다.

[내 쌍검에 맹세하지. 치료가 끝나면 털끝 하나 건드리지 않고 돌려보내겠다.]

[그거면 족해요.]

청월은 작게 고개를 끄덕였다. 그리고 선풍검에 공력을 불어넣기 시작했다. 진기를 머금은 검이 귀곡성을 내며 몸을 부르르 떨었다.

"받아라!"

힘을 끌어내 약방의 천장과 외벽을 향해 검강을 날렸다.

쿵쿵쿵쿵쿵!

검강으로 인해 약방이 무너져 갔다.

천장에선 자재들이 떨어져 내리고 벽이 깨지면서 회색빛 연기가 방 안을 가득 메웠다.

현장은 눈 깜짝할 사이에 아수라장이 되고 말았다.

[잘 다녀와라. 기다리고 있을게.]

청월은 일훈에게 전음을 보낸 뒤 약방을 뛰쳐나왔다.

그 뒤를 백예린과 제갈선이 따랐으며, 화룡천 일행은 전혀 다른 방향으로 이동했다.

"이런 게 첩첩산중이라는 건가?"

청월은 한숨을 내쉬며 주변을 둘러보았다.

약방 주변에는 이미 수많은 황룡대원이 대기 중이었다. 그 수는 대략 삼십 정도였으며 무위도 훌륭한 편이었다.

"이제 그만 포기하거라."

담담한 목소리의 주인공은 무각이었다.

"조금 있으면 정예들이 이곳으로 몰려온다. 아무리 너라 해도 혼자서 천하맹을 상대할 순 없다."

"그건 두고 볼 일이지."

청월은 차갑게 웃으며 말을 이었다.

지금은 화룡천인 척 나서는 편이 시간벌이에 더 좋았다.

"너희는 조무래기를 처리해라. 난 중놈의 목을 베겠다."

그는 혼신의 힘을 다해 연기를 펼쳤다.

만약 그가 가짜인 걸 알게 된다면 맹도들은 진짜 화룡천에게 향할 것이다.

도망칠 시간을 주려면 이곳에서 최대한 시간을 벌어야 했
다.

"알겠습니다."

백예린과 제갈선이 동시에 대답했다.

그들도 청월의 뜻을 이해한 것이다.

두 사람은 바람처럼 황룡대원들을 향했다.

검과 검이, 무공과 무공이 엉키면서 팽팽한 긴장감이 주변
을 감쌌다.

"……."

"……."

청월과 무각은 한동안 말없이 서로를 응시했다.

하나 그것은 결코 평화로운 광경이 아니었다.

몸에서 뿜어지는 무형의 진기가 허공에서 부딪치고 있었
다.

남들은 알지 못하는 공력 대결을 펼치는 것이다.

"명불허전 화룡천이군."

"잔말 말고 덤벼라."

청월이 건들거리며 고갯짓을 했다.

"원한다면."

말을 마침과 동시에 무각이 용수철처럼 튕겨졌다.

그가 움직일 때마다 난폭한 바람이 짝을 맞추어 불었다. 거칠고 용맹한 소림의 신법 나한보가 펼쳐진 것이다.

청월은 긴장감을 일깨우며 방어 자세를 취했다.

일단 상대의 실력을 보기 위함이다.

휘이이이이익.

무각의 주먹이 허공에서 분열하기 시작했다.

그의 주먹은 어느새 일곱 개가 되어 청월을 덮쳤다. 공력이 실린 권은 그 자체로 살상 무기와 다를 바 없었다.

"열풍섬!"

청월은 그의 절기 중 하나로 권법을 막아냈다.

허공에 펼쳐진 열십자는 단번에 권격을 무위로 돌렸다. 하나 그걸로 끝이 아니었다.

"크으으윽."

신음이 터졌다.

방어는 성공했으나 위력에 밀려 삼 장 가까이 밀려났다.

무각의 권법이 예상보다 강력한 탓이다.

소림의 권법이 어째서 중원제일인지 몸소 깨달을 수 있었다.

"잡았다."

무각이 소림의 현란한 신법을 밟으며 다시금 거리를 좁혔다. 다시 치열한 전투가 시작되는 것이다.

두 사람의 싸움은 무려 한 식경 가까이 이어졌다.

공세를 펼치는 것은 주로 무각 쪽이었고, 청월은 이를 방어하는 것에 그쳤다. 시간을 버는 본래 목적에 충실한 것이다.

'장난이 아니야.'

청월의 얼굴이 종잇장처럼 일그러졌다.

공격을 주고받을 때마다 놀라지 않을 수 없었다. 무각의 무위는 그의 예상 범위를 한참이나 넘어섰다.

제비 같은 신법과 호랑이처럼 강맹한 권법.

이 두 가지가 어우러져 만들어내는 효과는 상상을 초월했다.

청월은 그와 싸우면서 도통 정신을 차릴 수가 없었다.

게다가 진소연을 치료하는 데 공력을 소모한 것도 크게 작용했다.

"쌍검술은 확실히 대단하군. 하지만."

"……."

"명성에 과장이 있었던 것 같다. 혈귀라 불릴 정도의 날카로움은 보이지 않는군."

무각은 그렇게 말하고 허공에 권을 뿜어냈다.

청월과의 거리가 사십 보 가까이 되었건만 무작정 주먹을 뻗은 것이다.

처음에는 청월 역시 이를 괴이하다 여겼다.

하나 그 이유를 깨닫는 데는 오랜 시간이 걸리지 않았다.

우우우우웅.

무형의 권격이 청월을 향했다.

소림의 절기 중 하나인 백보신권이 펼쳐진 것이다. 그 위력은 결코 만만하게 볼 것이 아니었다.

청월은 다급하게 검을 교차하여 공격을 받았다.

"이런……."

청월은 백보신권을 견디지 못해 바닥을 굴렀다.

옷은 흙투성이가 되었으며 돌 부스러기가 입까지 튀어 있었다.

몸을 일으키려 했지만 무각은 이미 새까만 그림자를 드리웠다.

그 짧은 순간에 거리를 모두 줄인 것이다.

"동료들도 모두 잡혔다."

무각이 담담하게 반대편을 가리켰다.

백예린과 제갈선은 이미 무기를 잃고 구속당해 있었다. 상황은 이제 종막에 다다른 것이다.

"크크크크큭. 네 이름은 뭐지?"

"소림의 무각이다."

"무각이라면… 소림의 권제(券帝) 무각이렷다."

"……."

무각이 심상치 않은 기색을 느끼며 말을 흐렸다.

그사이 청월은 인구면피를 벗으며 포권을 했다. 얼굴에는 희미한 미소가 어렸다.

"천룡단 소속 청월, 무각 대사님께 인사 올립니다."

2장

복귀의 후유증

천하맹의 회의장.

내부에는 천하맹주를 비롯한 각 단의 단주들이 한자리에 모여 있다.

그들에 표정은 하나같이 어두웠다.

천룡단원들이 습격을 받은 일부터 최근에 흑룡회를 상대로 한 임무까지 좋지 않는 사건들이 연이어 벌어졌다.

그리고 그 일의 화룡점정을 찍는 일이 바로 며칠 전에 또 일어났다. 도무지 바람 잘 날이 없는 셈이다

"들여보내라."

백담천의 말이 긴 정적을 깨뜨렸다.

끼이이이익!

문이 열리면서 신경을 긁는 소리가 새어 나왔다. 참석자들이 얼굴을 찌푸리는 가운데 세 명의 인물이 장내로 들어왔다.

그들은 바로 청월과 백예린, 그리고 제갈선이었다.

세 사람은 포권을 한 후 중앙에 자리를 잡았다.

"허허, 다들 무사하니 다행이긴 한데……."

"좀 더 지켜봐야겠지요."

단주들은 그들을 보며 탐탁지 않은 표정을 지었다.

세 사람이 보인 행동은 언뜻 쉽게 이해할 수가 없었다.

사실을 어떻게 고하느냐에 따라 중벌을 받을 수도 있었다.

"이번 백묘의 계, 작전의 의미를 알고 있느냐?"

"그렇습니다. 흑룡회 최고 장로의 여식인 진소연을 포획하고 가능하면 무사들까지 생포하는 것입니다."

"알고 있음에도 그런 행동을 보인 건가?"

백담천이 눈을 부릅뜨며 되물었다.

공력을 살짝 뿌렸음에도 주변 사람들은 엄청난 위압감을 느꼈다.

이는 그가 정말로 화가 났을 때 하는 행동이다.

그것을 알고 있는 백예린은 그저 고개를 숙일 따름이었다.

"자네들은 진소연과 화룡천이 빠져나가는 것을 도왔어. 명백히 임무에 반대되는 행동을 했지. 대체 무슨 생각으로 그런 일을 벌였나?"

백담천의 말에 단주들의 시선이 모두 청월에게 쏠렸다.

그랬다.

세 사람이 화룡천 일행을 도운 것은 절대적으로 부정할 수 없는 일이었다.

덕분에 화룡천은 천을지망을 빠져나가 맹의 가시거리에서 벗어났다. 사실상 그를 놓친 것이나 다름없었다.

"사실대로 고하겠습니다."

청월은 잠시 뜸을 들인 뒤 주변을 훑었다.

가시처럼 날카로운 시선이 쏟아졌다.

특히 뇌전단주 장무룡이 보내는 시선은 지극히 노골적이었다.

만약 실수라도 했다간 당장에라도 살점을 뜯어먹을 것 같았다.

"저희는 화룡천을 돕지 않았습니다."

"그게 무슨 망발이지?"

역시나 장무룡이 가장 먼저 나섰다. 그는 콧방귀를 뀌며 말을 이었다.

"너희는 화룡천을 도와 천하맹의 무사들과 싸웠다. 개중에는 부상까지 입은 무사들도 있어. 동료에게 검을 겨누고 상처까지 입혔거늘 아니라고 발뺌을 하는 것인가?"

"어쩔 수 없는 상황이었습니다."

청월이 담담하게 말을 이었다. 그리고 장무룡의 날카로운
시선도 대수롭지 않게 넘겼다.

"저희는 화룡천에게 협박을 받았습니다. 자신을 돕지 않는
다면 그 자리에서 목을 베겠다고 했습니다."

"어허, 그런 일이?"

"협박을 했다?"

몇몇 단주가 탄성을 뱉었다.

듣고 보니 청월 일행의 말도 일리가 있었다.

천하맹의 무사가 생각 없이 흑룡회를 도울 리 없으니 말이
다.

청월은 그리 말하고 제갈선에게 몰래 눈짓을 했다.

작전대로 상황이 돌아가고 있다는 표식이다. 제갈선 역시
입꼬리를 살짝 올리는 것으로 답을 했다.

"정말인가? 화룡천이 자네들의 목숨을 협박했는가?"

백담천이 눈썹을 꿈틀거리며 물었다.

"그렇습니다. 저희는 하등 흑룡회를 도울 이유가 없습니
다. 죄라면 그보다 무위가 뛰어나지 못해 꼭두각시가 된 것뿐
입니다."

"그렇다면 어쩔 수 없는 것 아닙니까?"

"맹의 무사와 싸웠다고 하나 죽거나 큰 부상을 입은 자는 없습니다."

동정 여론이 하나둘 터져 나왔다.

흑룡회 최고의 무사 화룡천이 목숨을 위협했는데 이를 물리칠 사람이 몇이나 될까.

게다가 청월은 혈호삼귀를 꺾고 혼자서 화룡천을 상대했다.

이로 인해 백묘조원 상당수가 생존하여 복귀할 수 있었다. 공적도 완전히 없다고 볼 수는 없었다.

"저는 여러분과 달리 생각합니다."

상황을 지켜보던 장무룡이 입을 열었다. 그로 인해 모두의 시선이 장무룡에게 쏟아졌다. 과연 그는 무슨 말을 하고 싶은 것일까.

"협박을 받았다는 것은 십분 이해를 하겠다. 하지만 그를 도운 것은 너희의 판단 착오였어."

"……"

"당시 현장에는 황룡대장 무각을 비롯해 삼십의 무사가 있었다. 너희는 무릇 그들과 합류해 화룡천을 상대해야 했어. 그랬다면 녀석들도 천을지망에 걸려들었겠지."

장무룡은 엄하게 세 사람을 꾸짖었다.

협박당한 것을 뒤집을 수 없으니 다른 부분으로 시선을 돌린 것이다. 과연 그의 한마디로 좌중의 분위기가 백팔십도 바뀌었다.

협박을 당했다고 하면 동정심이 생기게 마련이다.

하나 그들이 제대로 된 판단을 하지 못했다고 하면 벌을 받을 일이다.

마을에서 시간을 벌었다면 분명 화룡천을 잡을 수도 있었다.

'이런, 당했다.'

허를 찌르는 질문에 제갈선마저 얼굴이 굳었다.

그도 이런 질문까지는 예상하지 못했다. 청월에게 모범 답안을 준 것은 바로 그였으니까.

'언제부터 자네가 혀를 놀리는 사람이 되었던가?'

백담천은 장무룡을 보며 혀를 찼다. 어쨌거나 이번 일은 이쯤에서 불을 꺼야 했다.

"제가 결론을 내겠습니다."

백담천이 수염을 쓰다듬으며 말을 이었다. 그의 시선이 청월 일행에게 고정되었다.

"너희 셋은 협박을 당해 동료에게 검을 겨누었다. 하나 그것은 분명 온당치 못한 일이었다. 뇌전단주의 말대로 합공을 했다면 더 좋은 결과가 있었을 게 분명하다. 그래서……."

백담천이 잠시 뜸을 들였다.

그의 한마디에 따라 맹을 떠나는 중벌을 받을 수도, 약한 구류를 당할 수도 있었다.

모든 것은 그의 판단과 단주들의 호응에 달려 있었다.

"너희들에게 오십 일간의 근신과 무기 소지 금지를 명한다."

"맹주님, 처사가 너무 약한 것이 아닙니까?"

장무룡이 대놓고 반대 의사를 표했다.

그가 원한 최소한도는 맹의 구류소에 가두는 것이나 좌천을 시키는 것이었다.

형벌의 수위가 지나치게 약했다.

"화룡천에게 협박을 받았다고는 하나 이 세 사람의 공도 없다고 할 수는 없습니다. 특히 청월은 백묘조원이 도망칠 시간을 벌었습니다."

백담천이 말을 이었다.

"게다가 공교롭게도 세 사람은 모두 후기지수입니다. 이번 실수를 통해 더욱 많은 걸 배웠을 겁니다."

"앞으로 더 좋은 모습 보이겠습니다."

백담천의 말에 제갈선이 한마디를 덧붙였다. 나설 때가 됐음을 느낀 것이다. 때를 맞추어 청월과 백예린도 한마디 보탰다.

"맹주님 의견에 찬성입니다."

"처벌이라면 이 정도가 적당하겠죠."

단주들이 하나둘 백담천의 말에 찬동했다.

결국 장무룡을 제외하고 만장일치로 처벌 수위가 결정되었다.

"무기를 모두 반납하거라. 만약 근신 기간에 무기를 사용한다면 더욱 엄중하게 다스릴 것이다."

백담천의 말에 무사들이 세 사람의 무기를 회수해 갔다. 당분간은 그들 모두 검을 들 수 없는 것이다.

단주들은 다른 의제가 있어 회의를 계속했고, 세 사람은 조용히 회의장을 벗어났다.

"이만하면 선방한 거지, 뭐. 잘했다."

제갈선이 피식 웃으며 청월의 어깨를 두들겼다.

청월은 떨지 않고 의견을 잘 피력했다. 본래 말하는 사람이 자신이 없으면 듣는 사람도 의심하게 마련이다. 그런 의미에서 청월은 제 역할을 다했다.

"그런데……."

백예린이 잠시 뜸을 들인 뒤 말을 이었다.

"청월 공자는 혹시 뇌전단주님과 척을 진 것이 있나요?"

"……."

"공자를 향한 시선에 가시가 잔뜩 박혀 있었어요."

"듣고 보니 그러네. 그리고 뇌전단주님이 가만히 있었으면 근신도 안 당했을 거 아니야."

제갈선도 거들고 나섰다.

확실히 장무룡의 태도는 수상하기 짝이 없었다.

흑룡회가 관련된 일이 아니라면 그는 상당히 마음이 넓었으니까.

"뭐, 그런 일이 있다고 해두죠."

청월은 쓴웃음으로 대답을 회피했다.

바깥으로 나오는데 하늘이 어두웠다. 먹구름이 잔뜩 낀 것을 보니 오랜만에 눈이 내릴 듯도 했다.

"이제부터… 어떻게 되는 거죠?"

청월이 백예린을 보며 물었다.

맹에 들어온 지 얼마 되지 않아 처벌 규정에 대해서는 잘 알지 못했다.

"근신 처분을 받으면 아무것도 할 수 없어요."

"아무것도 할 수 없다니요?"

"일차적으로 천룡단에서 일과를 보내는 것이 불가능하답니다. 그 밖에 무공 수련을 해서도 안 되고 다른 무사들과 접촉하는 것도 제한돼요."

"한마디로 하면 천하맹에 없는 인간이다 이거지."

제갈선이 한마디를 덧붙였다. 하나 이런 말을 하는 그의 표정은 어딘지 모르게 즐거워 보였다.

"엄청… 답답한 일이네요. 근데 넌 좋아하는 것 같다?"

"나? 사실 엄청 좋아. 근신이 이렇게 좋은 건지 처음 알았네."

반어법인지 진심인지 분간하기 힘들었다.

평소의 그를 생각하면 다른 꿍꿍이가 있다고밖에 생각할 수 없었다.

제갈선은 먼저 가겠다면서 휑하니 자리를 떴다. 이제 전각 앞에 남은 건 청월과 백예린뿐이다. 근신 처분을 받았으니 할 일이 없는 건 매한가지였다.

그들은 나란히 선 채로 하늘을 응시했다.

"어맛!"

백예린이 화들짝 놀라 뒤를 돌아보았다. 무언가가 뒤쪽으로 손을 뻗었기 때문이다.

그곳에는 누런 이를 드러낸 채 웃는 취걸아가 있었다.

그는 다시금 백예린의 엉덩이를 만지려다가 저지당했다.

"방주님, 장난은 그만두세요!"

"실망이다. 우리 예린이가 옛날에는 이러지 않았는데."

"저도 어엿한 스물의 여인입니다. 어떻게 전과 같을 수 있겠어요?"

백예린은 팔짱을 낀 채로 취걸아를 노려보았다.

그 차가운 시선에 닿으면 몸이 꽁꽁 얼지 않을까 생각될 정도이다.

"그래도 탱탱한 걸 따지면 예전보다 지금……."

"방주님!"

"알았다, 알았어. 미안해."

취걸아는 민망한지 품에서 누룽지를 꺼내 깨물었다.

누룽지 부서지는 소리는 여느 때와 같이 경쾌하게 들렸다.

"우리 오랜만이다. 그치?"

"안녕하십니까, 방주님?"

청월이 미소를 지으며 인사했다.

취걸아는 주변 사람을 유쾌하게 하는 재주가 있었다. 그리고 예의를 지키지 않음으로써 오히려 마음의 벽을 허무는 것 같기도 했다.

"나야 안녕하지만 너는 안녕하지 못한 것 같은데?"

취걸아가 피식 웃으며 말을 이었다.

"화룡천과 싸웠다고 하던데, 다친 데는 없느냐?"

"부상이 있었지만 회복했습니다."

"다행이구나. 내가 네 걱정하느라 머리가 한 움큼이나 빠졌다. 그냥 알고만 있어라."

"거짓말 마세요. 탈모는 원래부터 있으셨으면서."

잠자코 있던 백예린이 한마디 했다. 당한 것이 억울해 꼬투리를 잡는 것이다.

"허허, 탈모로 인해 빠진 머리도 있고 우리 청월이 걱정하느라 빠진 머리도 있지. 그 둘을 나누는 건 바보 같은 짓이야."

격언이라도 하는 것처럼 진지한 모습이다. 취걸아는 나란히 선 두 사람을 보고 말을 이었다.

"하여간 예린이 네 남자 친구를 잠시 빌려가야겠다."

"청월 공자와는… 그런 사이가 아니에요."

백예린은 손사래를 치며 부정했다. 임무를 같이 하면서 가까운 사이가 된 것은 맞지만 그것을 연인이라 부를 수는 없었다.

"그럼 넌 청월이가 싫으냐?"

"……"

"옛말에 그런 게 있다. 싫은 게 아니면 좋은 거라고 말이야."

"그건 비약이에요."

"그래서 청월이가 싫다 이거냐?"

"……"

백예린은 다시 대답을 하지 못했다. 그녀의 볼은 어느새 잘 익은 살구처럼 익었다.

"전… 일단 숙소에 가봐야겠어요."

그녀는 그렇게 말하고 자리를 피했다. 신법까지 밟는 걸 보니 어지간히 바쁜 일임을 알 수 있었다.

취걸아는 그런 백예린을 보며 함박웃음을 지었다.

청빙화라 불리던 아이에게 저런 면모가 있을 줄이야.

"넌 보면서 느끼는 게 없냐?"

"글쎄요. 정말 바쁜 일이 있는 게 아닐까요?"

"…이쯤 되면 네 머릿속이 궁금하구나. 무공 때문에 머리까지 근육이 된 건 아닌지 모르겠다."

취걸아는 그렇게 말하며 성큼성큼 걷기 시작했다.

청월은 어리둥절해하면서도 그 뒤를 따랐다. 두 사람은 한동안 말없이 걷기만 했다.

휘이이이잉!

갑자기 난폭한 바람이 불면서 소매가 사정없이 흔들렸다. 근처의 수풀과 나무가 우르르 눕고 눈을 뜨기 힘든 지경에까지 이르렀다.

이쯤 되면 실내로 들어갈 만도 하건만 취걸아는 그러지 않았다.

오히려 바람에 맞서려는 듯 바람이 강한 곳으로 걸음을 옮겼다.

"청월아, 바람이 거칠지 않느냐?"

"네."

"그런데 말이다. 이것보다 더 크고 끔찍한 바람이 곧 불어

올 거다."

　담담하게 말했지만 흘려들을 수는 없었다. 그의 말에 알 듯 모를 듯한 무게감이 서려 있다. 과연 그는 무엇을 말하고 싶은 걸까.

　"어쩌면 생각보다 빨리 비극이 일어날지도 모르겠어."

　"비극이라니 무엇을 말씀하시는 것입니까?"

　청월이 놀라서 되물었다.

　"조만간 두 번째 대혈전이 일어난다는 말이다."

　"…진심이십니까?"

　청월이 입을 쩌억 벌렸다.

　전혀 예상치 못했고 듣고 싶지 않은 이야기를 듣고 말았다.

　대혈전이라는 말을 듣는 것만으로도 정신이 멍해졌다.

　"대혈전이 벌어진 지 채 이십 년도 지나지 않았습니다. 어째서 그런 일이 재발하는 것입니까?"

　청월의 어투에는 어느새 노기마저 서렸다.

　대혈전을 다시 벌인다는 것은 아픈 상처를 쑤시고 그 위에 다른 상처를 덧입히겠다는 것과 다르지 않았다.

　그 일은 반드시 막지 않으면 안 됐다.

　"나도 너와 같은 마음이다. 하지만 다른 사람들은 그리 생각하지 않는 게지."

　취걸아가 쓸쓸한 표정으로 말을 이었다.

"이번 흑룡회 습격 사건으로 많은 단주가 마음을 돌렸다. 자신들의 피붙이가 죽으니 다들 제정신이 아닌 게야. 조만간 두 번째 대혈전을 벌이자는 안건이 표결될 거다."

"…막을 수는 없습니까?"

"아마도."

"방주님께서는 어찌 그런 말씀을 하십니까? 정말 방책이 없는 건가요?"

청월의 음성이 어느새 커져 있다.

대혈전으로 펼쳐질 죽음과 눈물을 과연 그 누가 감당할 수 있을까.

"안건이 올라오면 맹주를 비롯해 단주들이 표를 행사한다. 강경파로 돌아선 단주들이 늘어나서 이젠 우리 온건파가 열세야. 담천이가 애를 쓰겠지만 아마 막을 수는 없을 거야."

"……."

"그래서 이젠 우리도 다른 방법을 취하기로 했단다."

긴 침묵 끝에 취걸아가 말을 이었다.

그는 청월의 어깨에 탁하니 손을 얹었다. 눈빛은 흡사 자식을 바라보는 아비처럼 따뜻했다.

"조만간 네 힘이 필요할지도 모르겠다. 도와줄 수 있겠느냐?"

"물론입니다. 어떤 일이든 상관없습니다."

"시원시원한 게 마음에 드는구나. 역시 내가 사람 보는 눈 하나는 중원 제일이라니까."

취걸아가 껄껄 웃으며 말했다. 방금까지 진지하던 모습이 연기로 느껴질 정도로 유쾌한 모습이다.

그는 주변을 살핀 뒤 청월의 귀에 입을 대었다.

무언가 중요한 이야기라도 하려는 듯했다.

"너 혹시 예린이 좋아하냐?"

"…갑자기 왜 그런 말씀을……?"

청월은 정곡을 찔려 아무 말도 하지 못했다. 화제의 전환이 빨라도 너무 빠른 것이 아닌가.

"남자는 자고로 돈, 술, 여자 빼면 시체니까 말이야. 너도 그중에 하나는 해야지."

취걸아는 그렇게 말한 뒤 다시 귓속말을 했다.

"다음에 예린이랑 둘이 있을 때 반드시 내가 말한 대로 해 보거라. 그럼 재미있는 일이 벌어질 테니까."

그는 청월에게 무언가를 속닥거렸다.

알 수 없는 비법이 전수되는 가운데 청월의 표정은 진지하기만 했다.

3장

기묘한 일과

천하맹 내부 기숙사 청인당.

청월은 팔베개를 하고 천장을 응시했다.

근신 처분을 받고 나니 할 일이 없었다.

단원들은 한창 일과를 보내고 있겠지만 그에겐 지루한 시
간만이 주어졌다.

검이 있으면 수련이라도 했겠지만 그것도 안 된다고 하니
넋 놓고 시간을 보냈다.

"신난 건 너밖에 없는 것 같구나."

청월은 쓴웃음을 지으며 옆자리를 응시했다.

기숙사 동료인 제갈선은 아침부터 자리를 비웠다. 방을 나갈 때 그의 표정은 무척이나 즐거워 보였다. 마치 근신이 아니라 상을 받은 느낌이랄까.

"형님이 조만간 재미있는 걸 찾을 것 같다. 귀 씻고 기다려."

그는 오전에 나가서 오후가 깊어지도록 코빼기도 보이지 않았다.

가능하다면 그 기기묘묘한 속을 들여다보고 싶다.

"나도 가만히 있을 수는 없지."

청월은 획하니 몸을 일으켰다.

근신이라고 해서 기숙사에 처박혀 있는 것도 못할 짓이었다.

차가운 공기를 마시며 천천히 맹 주변을 걷기 시작했다.

움직이기 시작하니 비로소 텅 빈 머리에 이 생각 저 생각이 들었다.

'다들 무사한 걸까?'

청월은 도망친 화룡천 일행을 떠올렸다.

천을지망에도 걸리지 않았다고 하니 지금쯤 흑룡회에 도착했을지도 모른다.

아마 일훈은 영약을 받아서 본격적으로 진수연을 치료하고 있으리라.

지금 청월이 할 수 있는 것은 단 하나.

화룡천과의 약조를 믿고 일훈의 무사귀환을 바라는 것뿐이다.

기숙사를 벗어난 후 비무장 주변을 크게 돌았다.

비무장은 언제나와 같이 무사들로 가득했으며 병장기 부딪치는 소리로 시끌벅적했다.

"조만간 흑룡회와 싸울 수도 있다며?"

"그래, 조만간 그걸 두고 표결에 붙인대. 강경파가 과반수를 넘으니까 아마도 이번엔 싸움을 피할 수 없겠지."

쉬는 시간이 되자 무사들이 잡담을 주고받았다.

청월은 이를 다 듣고 그저 쓴웃음을 흘렸다.

풍문이 벌써 이 정도로 퍼졌을지는 몰랐다. 아마도 강경파에서 정보를 풀었을 것이다.

그 뜻은 이 정도로 풀이할 수 있었다.

곧 흑룡회와 접전이 벌어질 테니 단단히 준비하라.

확실히 중원의 정세는 급박하게 돌아가고 있었다.

잠시라도 넋을 놓고 있다면 그 흐름에 쓸려 버리고 말 것이다.

터벅터벅.

비무장을 돌아 정원으로 향했다.

하늘은 어제보다 더욱 어두웠으며 금세라도 눈송이를 쏟

아닐 것 같았다.

마치 알 수 없는 중원의 미래처럼.

"뒤를 밟는 건 그만하지 그래?"

청월의 걸음이 뚝 멈췄다.

그는 담담한 표정으로 뒤를 돌아보았다. 그러자 몇몇 무사
가 모습을 드러냈다.

모두 지룡단 소속의 인물들이었다.

"무슨 볼일이지?"

"글쎄다. 혈호삼귀를 해치웠다는 그 잘난 실력을 보고 싶
어서 말이다."

무리의 대장 격인 강용현이 나섰다.

그는 청월을 노려보며 숨김없이 적의를 드러냈다. 동시에
주변의 무리 역시 따가운 시선을 쏟아냈다.

"근신 중이라 곤란해."

"닥쳐! 너 때문에 우리 단원이 죽었어. 그 잘난 실력은 어
째서 숨기고 있었던 거냐?"

강용현이 울분을 토하며 말했다.

혈호삼귀를 물리칠 실력이 있었다면 진작 그들을 물리쳤
어야 했다.

그랬다면 절친한 동료가 죽지 않아도 됐으리라.

"너 쌍검술을 쓴다며. 바른 대로 말해봐. 솔직히 화룡천의

제자 맞지?'

"맞아. 그러니까 화룡천이 널 살려뒀지."

그들은 작정을 하고 분노를 토해냈다.

이번 백묘의 계 작전에서 지룡단 무사가 전멸한 탓이다. 그들은 분풀이 대상이 필요했고, 그 대상으로는 청월이 제격이었다.

"……."

청월은 아무 말도 할 수 없었다.

아니, 하지 못했다. 그들의 태도에서 대화가 통하지 않으리라는 것을 느꼈다.

몸 밖으로 뿜어지는 불꽃은 결코 간단히 누그러뜨릴 수 있는 것이 아니었다.

그들에겐 이전의 청월과 같았다.

혈호삼귀를 잡아먹을 듯이 덤비던 난폭한 그때의 청월과 말이다.

"와라."

청월은 호신강기를 푼 뒤 검지를 까닥거렸다.

그의 도발에 지룡단의 무사는 물 만난 고기처럼 움직였다.

그들은 청월을 둥그렇게 감싼 뒤 사방에서 주먹을 뻗어냈다.

월이 강하다고 해도 무기가 없으니 두렵지 않았다.

또한 근신 중이니 함부로 손을 댈 수도 없었다. 여러모로 완벽한 작전이었다.

휘이이이익!

공력이 실린 주먹이 곳곳에서 뿜어졌다.

청월은 그것들을 힐끔 쳐다본 뒤 맞아주었다.

그렇게 구타는 계속되었다.

지룡단 무사들의 얼굴에는 어느새 광기가 번득였으며 가격하는 부위도 점차 급소로 변하기 시작했다.

"……."

청월은 보란 듯이 아픔을 견뎌냈다.

그는 단 한 번도 얼굴을 찡그리지 않았다.

"언제까지 버티나 보자."

"우리 같은 건 상대도 안 된다는 거냐?"

지룡단 무사들은 악에 받쳤다.

그들은 숨겨두었던 초식을 하나둘 꺼내 들었다.

그런데 바로 그때였다.

잠자코 있던 청월의 눈에서 이채가 뿜어졌다. 청월은 신법 질풍노도를 밟으며 그들 중심부로 파고들었다.

후우우우웅!

신법이 워낙 쾌한 탓에 그 누구도 청월을 막을 수 없었다.

그는 곁에 있던 무사의 검집을 빼낸 뒤 이를 커다랗게 휘둘렀다.

청월의 검집은 정확하게 지룡단원의 발목을 노렸다.

"크으으으윽."

"제… 젠장."

단원들이 중심을 잃고 바닥에 쓰러졌다. 단 일격으로 일행이 무너지고 만 것이다. 검집에 맞은 부위가 빨갛게 부어오르기 시작했다.

"나는 이번 임무에서……."

청월은 손등으로 터진 입술을 훔쳤다. 피가 입에 퍼지면서 씁쓸한 맛이 들었다.

"동료의 가슴이 쪼개지는 걸 봐야 했어. 그것도 바로 내 앞에서."

"……."

"너희만 슬프고 아프다고 생각하지 마."

청월은 검집을 던지고 공터를 벗어났다.

가라앉은 기분이 좀처럼 돌아올 기미가 보이지 않았다.

상대했던 지룡단원을 원망하고 싶지는 않았다.

상처를 가진 사람은 본래 자신의 아픔밖에 보지 못한다. 또한 그것을 엉뚱한 방식으로 해결하려 들기도 한다.

하루아침에 동료가 죽었다. 가슴은 아프고 무엇이 그를 앗아갔는지조차 알 수 없다.

그런 그들이 할 수 있는 행동은 삐뚤어질 것일 수밖에.

청월은 그대로 천하맹을 벗어났다.

시원하게 얻어맞고 나니 가고 싶은 곳이, 가야 할 곳이, 가야만 하는 곳이 생각났다. 게다가 그곳만은 근신의 영향력이 닿지 않았다.

그는 망설임없이 야산을 올랐다.

반 시진쯤 지났을까.

봉긋 솟은 봉분과 묘비들이 모습을 드러냈다.

그가 찾은 곳은 다름 아닌 맹 소속의 전사자를 안치한 묘지였다.

이곳에는 대혈전을 비롯해 각종 임무 중에 순직한 무사들이 잠들어 있다.

동료를 찾던 청월이 멈췄다.

그보다 먼저 자리를 잡은 사람이 눈에 들어온 탓이다. 그녀를 본 순간 아무 말도 할 수 없었다.

"오셨네요."

팽화련이 먼저 입을 열었다.

그녀는 남궁총의 묘비 앞에 하얀 국화 한 다발을 놓아 놓고 방금까지 울었던 모양인지 눈가가 빨갛게 부어 있다.

"얼굴은… 어떻게 되신 건가요?"

"별일 아닙니다. 시비가 붙어서."

청월은 시선을 피하며 대답했다.

팽화련을 보고 있으면 죽은 남궁총이 더욱 생생하게 떠올랐다.

그는 죽는 순간까지도 팽화련을 부탁한다고 했다.

연인을 두고 저승에 가는 기분이 그리 편치는 않았으리라.

청월은 그녀를 안심시키며 곁에 섰다.

그의 시선이 남궁총의 묘비를 향했다. 그는 세상에 없고 묘비가 그를 대신하고 있다.

"남궁 공자, 제가 너무 늦었네요."

청월은 잠시 뜸을 들인 뒤 말을 이었다.

"당신이 부탁했던 말, 잊지 않고 있어요. 그러니까 걱정 말고 하늘에서 푹 쉬어요."

"······."

청월의 말에 팽화련이 다시 흐느끼기 시작했다. 그녀는 두 손으로 얼굴을 가린 채 서럽게 눈물을 쏟아냈다.

'···그랬던 건가?'

청월은 깊은 한숨을 쉬었다.

팽화련의 약지에는 작은 가락지가 끼어 있다.

아마도 두 사람은 이번 임무 후에 혼약을 할 생각이었던 모양이다.

하늘은 그들에게 너무나 잔혹한 이별을 선물했다.

"울어요. 편하게."

청월은 팽화련을 끌어안았다. 그녀의 여린 어깨가 갈대처럼 흔들리고 있었다.

그는 처음으로 생각해 보았다.

만약에, 아주 만약에 백예린이 죽으면 자신은 어떤 반응을 보일지 말이다.

그런 생각을 하니 백예린이 못 견디게 아파 보였다.

"미안해요, 팽 소저. 내가 더 강했으면 남궁 공자를 보내지 않았을 텐데."

"……."

팽화련은 아무 말도 할 수 없었다.

꾹꾹 눌러두었던 슬픔이 터지니 걷잡을 수가 없었다. 쌓아두었던 걸 모두 터뜨리면 그때는 다시 살아갈 수 있지 않을까.

하늘에서 눈이 내렸다.

주먹만큼 굵은 눈송이는 금세 대지에 쌓여갔다. 그래도 슬픔만큼은 눈으로 다 덮을 수 없었다.

*　　　*　　　*

며칠 뒤.

청월은 맥없는 표정으로 기숙사 침대에 누웠다.

마음이 아팠다.

잊고 있던 동료의 죽음이 떠오르자 가슴 한편이 계속 쑤셔
왔다.

가만히 눈을 감으면 흐느끼고 있는 팽화련이 떠오르기도
했다.

"화련이는 제가 볼 테니까 걱정 마세요."

얼마 전 마주친 백예린은 그렇게 말해주었다.

청월로서는 매우 안심이 되는 말이다. 기숙사가 다르니 아
무래도 챙겨주는 데는 한계가 있었다.

오늘도 제갈선은 자리를 비웠다.

어찌나 일찍 방을 떠났는지 나간다는 인사조차도 듣지 못
했다.

그의 기행은 과연 언제 끝나게 될까. 최근 청월이 궁금한
것은 그것뿐이었다.

"뭔가 하지 않으면……."

청월은 천장을 보며 중얼거렸다.

이젠 무거운 마음을 떨쳐내야 할 때가 왔다. 그는 할머니가
죽은 뒤 한껏 슬픔에 젖어본 적이 있다.

슬픔에 지배되는 것이 좋지 않음을 잘 알고 있는 것이다.

무엇을 하면 좋을까 고민하는데 문득 화룡천이 했던 말이

떠올랐다.

"강해지고 싶으면 너만의 무기를 만들어야 한다."

"나만의 무기라……."

청월은 그가 했던 말을 찬찬히 읊조렸다.

청월이 남들과 다른 점은 크게 두 가지로 볼 수 있었다.

하나는 할머니에게 물려받은 천도지체이며 다른 하나는 사령안이다.

하나만 가져도 특출 날 것을 그는 무려 두 가지나 가지고 있다.

그는 턱을 쓰다듬으며 한참을 고민했다.

천도지체로 할 수 있는 것과 사령안으로 할 수 있는 일이 무엇이 있을까.

그리고 이 능력을 이용해서 어떻게 소중한 사람을 지켜나 갈 수 있을까 하고 말이다.

"해보자. 해보지 않으면 모르는 일이니까."

청월은 처음 쌍검술을 익히던 때의 말을 반복했다.

코흘리개일 때의 자신이 떠오르니 절로 미소가 피어올랐다.

어쩌면 몸만 커졌을 뿐 그때와 변한 건 없을지도 모른다.

기숙사를 나서는데 윤대만과 마주쳤다.

"오랜만이에요, 윤 공자."

"그러게요. 근신만 아니었으면 좀 더 편하게 지냈을 텐데."

그는 청월을 향해 동정의 눈빛을 보냈다.

그가 어떤 고생을 했는지 백예린을 통해 대략 들었다. 겉으로는 웃고 있어도 결코 웃고 있는 게 아니리라.

"근데 어디를 가시려는 겁니까?"

"답답해서 바람이나 쐬려고 합니다."

"보는 눈이 많으니 조심하세요."

윤대만이 걱정스런 표정을 지었다.

근신 중에는 시비를 걸기 좋았다.

문제의 소지가 생기더라도 청월이 덮어쓸 소지가 많았다.

"말씀만으로 고맙군요."

청월이 웃으며 답했다.

그의 배려와 씀씀이가 그저 고마울 따름이었다.

두 사람은 조금 더 대화를 나눈 뒤 헤어졌다.

청월은 그 길로 곧장 정원으로 향했다. 한 식경쯤 걸어 도착한 곳은 푸른 소나무 앞이었다.

어제 내린 눈이 녹지 않아 나무는 하얀 옷을 입은 채였다

"우선 천도지체로 할 수 있는 일을 해보자."

그는 심호흡을 한 뒤 공력을 운용했다.

우선 흩어져 있는 공력을 모은 뒤 이를 한 번에 분출하는 것이다.

시간이 지나자 그의 주변으로 푸른 진기가 넘실거렸다.

그런데 바로 그때였다.

휘이이이잉!

칼바람이 불면서 나뭇가지가 요동쳤다. 잎에 누워 있던 눈송이가 우르르 바닥으로 떨어졌다. 청월이 기다리던 때가 온 것이다.

"지금이다."

바람의 결을 따라 공력을 쏟아부었다.

하나 그의 공력은 곧 뿔뿔이 흩어지고 말았다.

집중력이 부족했던 것인지 풍로를 파악하지 못했던 것인지 이유는 알 수 없었다.

"쉽지 않는데? 한 번 더."

청월은 소나무를 노려보며 다시 한 번 공력을 분출했다.

만약 다른 사람들이 그를 봤다면 정신병자가 아닌지 의심했을지도 모른다.

청월이 하는 거라곤 소나무를 째려보는 것,

그리고 몸을 부르르 떨며 공력을 토해내는 것뿐이다.

겉으로만 봐서는 대체 영문을 알 수 없는 행동이었다. 하지만 이 수련의 의미를 청월은 알고 있었다.

'완성만 되면 누구도 막을 수 없는 절기야. 분명.'

그는 이를 악물며 수련에 집중했다.

얼마나 시간이 지났을까.

청월은 거친 숨을 토해내며 바닥에 주저앉았다.

온몸은 땀으로 범벅이 되었으며 사지는 문어처럼 흐느적거렸다.

진기가 충전되면 충전되는 족족 밖으로 뿜어냈다.

천도지체의 소유자라 해도 그만한 압력을 견딜 수는 없었다.

청월은 손으로 눈가를 훔친 뒤 이마를 닦았다. 차가운 감촉에 정신이 번쩍 들었다.

"안 돼, 더 성장하지 않으면."

청월은 볼을 두드린 뒤 몸을 일으켰다.

가진 능력이 두 개이니 필살기도 두 개여야 하지 않는가.

다음은 두 번째 수련을 위해 시간을 써야 했다.

그는 사령안의 능력을 키우기 위해 맹의 남문으로 향했다.

남문은 맹의 무사는 물론 외부인의 출입 또한 가장 많은 곳이다.

청월은 문과 가장 가까운 정자에 자리를 잡았다.

"이건 조금 무리일까?"

청월의 입가에 묘한 미소가 어렸다. 천도지체로 준비하는 필살기는 충분히 가능성이 있었다. 하나 사령안을 사용한 필살기는 다소 허무맹랑했다.

그러한 착상을 한 스스로에게 웃음이 날 정도로 말이다.

"아니야. 나를 믿고 사령안을 믿는 거야."

청월은 고개를 흔들며 장난기를 모두 지워냈다.

어쩌면 그동안 사령안의 능력을 좁게 생각했던 것일지도 모른다.

죽음을 볼 수 있다는 건 뒤집어 말하면 어떻게 하면 살아야 할지도 보여준다는 것이 아닌가.

"……."

청월은 팔짱을 낀 채로 남문을 응시했다.

문 근처에는 출입을 통제하는 무사들이 있었으며, 문이 열리고 닫히면서 수많은 사람이 드나들었다.

그것은 모두 청월의 좋은 관찰 대상이었다.

"해보자, 청월아."

그는 볼을 두드리며 기합을 불어넣었다.

기묘한 일과가 시작되었다.

*　　　*　　　*

근신 처분을 받은 지도 어언 보름이 되었다.

청월은 스스로에게 하루 일정을 부여하고 이를 철통같이 지켰다.

그의 일과는 크게 오전과 오후로 나뉘었다.

오전에는 소나무 앞에서 공력을 분출하는 것이고, 오후에는 정자에 앉아 사람들을 관찰하는 것이다.

"청월 공자, 요새 많이 힘들어요?"

"우리랑 같이 잠깐 이야기 좀 할까요?"

천룡단원 몇몇이 걱정하여 그를 찾아왔다. 청월이 일상이 영 신통치 않았기 때문이다.

타인이 보기에 그는 다소 얼이 빠진 듯 보였다.

특별히 하는 일이 없었고, 낮에는 소나무를, 오후에는 사람들을 지켜볼 따름이다.

동네에 하나씩 꼭 있는 바보천치를 따라 하고 있는 것이다.

그런 질문을 받을 때마다 청월은 항상 일관된 모습을 보였다.

"괜찮습니다. 지금은 수련하는 중이니까요."

웃으며 답변하면 누구나 꿀 먹은 벙어리가 되었다. 본인이 수련이라고 우기면 할 말이 없기 때문이다.

'잘하고 있어. 한 걸음씩 전진하고 있는 게 보여.'

청월은 스스로를 다독였다.

내부에서 서서히 진행되는 변화를 타인이 알 리 없었다. 청월은 그저 스스로를 믿으며 수련을 이어갈 따름이다.

*　　*　　*

그러던 어느 오후,

누군가 그의 등을 툭툭 건드렸다. 돌아서니 만면에 미소를 띤 제갈선이 서 있었다.

"뭐하다가 이제 나타나?"

청월이 피식 웃으며 말했다.

기숙사에도 두문불출하고 서고에서 모든 걸 해결했던 그다.

청월을 찾은 걸 보니 원하는 걸 얻은 듯했다.

"아~ 주 중요한 일을 처리하고 있었지."

"그게 뭔데? 아~ 주 중요한 일이 아니면 혼난다?"

"걱정 마. 이 몸이 누군데."

제갈선은 콧대를 세우며 자신만만하게 말했다. 그리고 청월의 곁에 앉아 입을 뗐다.

"기억하지? 우리 대혈전의 진실에 대해서 파헤쳐 보기로 했잖아."

"…맞아. 분명 그랬지."

청월이 작게 고개를 끄덕였다.

그들은 화룡천과 동행한 뒤 특이한 사실을 깨달았다. 대혈전이 일어난 계기를 서로의 탓으로 돌리고 있다는 것을 말이다.

징계 처분을 받고 일이 겹치다 보니 이를 까맣게 잊고 있었다.

"그동안 그걸 조사하고 있었던 거야?"

"물론. 진실은 이 손아귀에 있다."

제갈선은 그렇게 말하고 오른손을 활짝 폈다.

"문제는 그걸 쥐느냐 쥘 수 없느냐 하는 것이지."

제갈선이 헛기침을 한 뒤 설명을 이었다.

그는 우선 대혈전의 단초가 되었던 청성파의 혼약식을 화제로 삼았다.

혼약식에 참석했던 정파인들이 암살당하면서 문제가 불거졌으니까.

"너도 알 거야. 참사가 벌어진 뒤 천하맹 사람이 먼저 청성파에 도착했다는걸."

제갈선이 운을 뗐다.

"당연하지. 생존자 다섯을 제외하면 모두 현장에서 즉사했잖아."

"문제는 바로 거기서부터 시작한다."

제갈선이 분위기를 잡았다. 그는 천하맹의 입장에서 사건을 재구성했다.

"말도 안 돼!"

"이런 끔찍한 짓을……."

청성파에 당도한 천하맹 인원은 경악했다.

정파인이 모이던 동인당이 완전히 무덤이 돼 있는 것이다. 손속이 어찌나 잔인했는지 사지가 붙어 있는 시체를 찾기가 힘들었다.

일부 시체에선 내장이 빠져나오기까지 했다.

건물에 불이 붙으면서 주변까지 완전히 폐허가 되었다.

"생각할 필요도 없군."

맹원들은 당연히 흑룡회를 배후로 지목했다.

흑룡회가 아니고서는 이런 일을 벌일 단체가 없는 탓이다.

그들은 사상자를 파악하는 한편 주변에 대한 경계를 강화했다.

그런데 얼마 지나지 않아 흑룡회 인원 역시 청성파를 찾았다.

"혼약식에 참석했던 흑룡회원들이 모두 죽었다. 너희의 계략이 아닌가?"

그들은 적반하장으로 천하맹을 압박해 왔다.

아무리 사파인이라도 이 정도까지 파렴치한 행동을 할 줄이야.

당시 인솔자이던 지룡단주 남궁민총은 혀를 찼다.

"헛소리하지 마라. 어째서 너희의 죄를 우리에게 덮어씌우느냐? 하늘이 두렵지도 않느냐?"

"우리가 하고 싶은 말이다."

그들은 대립된 의견으로 팽팽하게 맞섰다. 칼부림이 일어나도 이상하지 않을 상황이었다.

긴장감이 더욱 깊어질 무렵 흑룡회 측에서 한 가지 제안을 해왔다.

흑도인들의 시체라도 들고 가겠다는 것이다.

이 말을 들은 남궁민총은 더더욱 어이가 없어졌다. 문파 내부에는 분명 정파인들의 주검밖에 없었다.

"청성파에 당신들이 가져갈 시체 따위 없다."

"…지금 장난하는 건가? 그럼 살아서 복귀한 무사들은 유령이란 말인가?"

"고고한 척은 다 하더니 실상은 사기꾼이군."

흑룡회원들이 말을 보태기 시작했다.

"…원한다면 들어가서 보아라."

남궁민총은 경계 태세를 유지한 뒤 흑룡회원들을 들여보냈다.

물론 죽은 사파인의 주검은 코빼기도 보이지 않았다.

애초부터 그런 것은 존재하지 않았으니까.

"그럴 리가 없습니다. 제 눈으로 똑똑히 봤습니다. 정파 놈들의 검에 쓰러지는 동료들을."

흑룡회의 생존자가 한마디 했다.

그는 믿을 수 없다는 듯 주변을 살핀 뒤 곧 남궁민총을 노려보았다.

그의 눈빛에 주체할 수 없는 노기가 흘렀다.

"먼저 와서 주검을 치웠구나. 네놈들, 반드시 천벌을 받게 될 것이다."

"헛소리 다 했으면 돌아가라. 이따위 연극을 벌인다고 해도 달라질 건 없다. 천하맹 역시 이번 일을 좌시하지 않을 테니 각오하는 게 좋아."

남궁민총은 그렇게 흑룡회원들을 돌려보냈다.

그리고 그로부터 정확히 삼십 일 뒤 대혈전이 벌어졌다.

흑룡회는 천여 명의 정예를 이끌고 중원을 습격했다.

"여기서 생각해 볼 게 두 가지가 있어."

제갈선이 검지와 중지를 치켜들었다.

서고를 뒤지며 발견한 진실을 나누려는 것이다. 청월은 자신도 모르게 꿀꺽 침을 넘겼다.

과연 제갈선을 통해 잊힌 진짜 이야기를 들을 수 있을까.

"첫째는 흑룡회의 진의를 파악하는 거지. 그들은 내내 주장했잖아. 청성파에서 자신들의 무사가 죽었으니 시체라도 돌려달라고."

제갈선이 꼬깃꼬깃한 서찰을 내밀었다.

서찰에는 대혈전 직전에 발생한 화재에 대해 적혀 있었다. 청월은 이를 담담하게 읽어나갔다.

"청록산 인근에서 산불이 발생하여 산 중턱이 전소되었다. 이곳에서 신원을 알 수 없는 시체가 상당수 발견되었……."

청월은 말을 다 잇지 못했다.

서찰의 내용과 제갈선의 눈빛이 같은 말을 해주고 있는 탓이다.

"혹시 사라졌던 흑룡회 무사들의 시체가?"

"아마도 여기서 타버렸겠지. 개방에 정보를 요청했는데 그때 발견된 시체 수와 흑룡회의 혼약식 참석자 수가 거의 일치해."

담담하게 말했지만 그 파급력은 어마어마했다.

청월은 마치 망치로 머리를 얻어맞은 것 같은 기분이 되었다.

이것이 뜻하는 바가 명백한 것이다. 혼약식에서 피해를 본 것은 천하맹뿐만이 아니었다.

흑룡회의 인원 역시 실제로 목숨을 잃은 것이다.

이는 기존 천하맹의 입장을 완전히 뒤집은 것이다.

천하맹의 공식 입장은 이와 같았다.

흑룡회는 대통합을 빌미로 청성파에서 끔찍할 살육을 저질렀다.

이를 규탄하기 위해 무력으로 보복하겠다는 것이 주 내용이었다.

"정말 우리가 생각하고 있는 게 맞는 거야?"

청월이 한마디 했다. 화룡천과 동행할 때 언급은 했지만 이렇게 증거까지 나올 줄은 몰랐다.

"그것뿐이 아니야."

제갈선이 뜸을 들인 뒤 말을 이었다.

그의 손에는 어느새 청성파의 구조도가 들려 있다.

구조도에는 청성파 내부 건물의 위치와 거리가 고스란히 그려져 있다.

그의 검지가 동인당과 서인당을 훑었다.

"이게 청성파의 구조야. 청성파는 알다시피 동인당과 서인당으로 나뉘어졌어. 혼약일 당시 천하맹의 축하단은 동인당에, 흑룡회의 축하단은 서인당에 머물렀지."

"……."

"이 둘 사이의 거리가 얼마나 되는지 알아?"

제갈선이 청월을 보며 물었다.

"글쎄? 그리 멀지는 않은 것 같은데?"

"천만의 말씀이야. 표기법이 이상해서 그런데 사실은 엄청나게 멀어. 아마 천하맹 비무장의 끝에서 끝 정도일 거야."

"그 말은……."

청월은 말끝을 흐렸다.

무언가가 떠오를 듯하면서도 떠오르지 않아 괴로웠다.

"쉽게 생각해 봐."

제갈선이 피식 웃으며 말을 이었다.

"습격은 양쪽 모두에서 일어난 거야. 누군가가 흑룡회에도 자객을 보내고 천하맹에도 자객을 보낸 거라고. 거리를 봐봐. 이만한 거리라면 너도 기감을 못 느낄걸?"

"…맞아."

청월은 수긍할 수밖에 없었다.

휘이이이잉.

차가운 바람이 불어와 옷자락을 흔들었다.

두 사람은 한동안 침묵을 지켰다. 진실이 주는 무게감은 그만큼이나 무거웠다.

"만약에 습격이 양쪽에서 일어났다고 하면 말이야."

청월이 잠시 뜸을 들였다.

생각이 깊어지니 머리가 욱신거리기 시작했다.

반면 제갈선은 그 모습을 한창 즐기는 중이다.

그의 관심사는 단 한 가지뿐이었다. 청월 역시 자신과 같은 결론에 도달할 것인가 하는 것이다.

"…누군가가 배후에서 천하맹과 흑룡회를 이간질했다는 거네. 그치?"

"그래, 그게 바로 듣고 싶었던 말이다."

제갈선이 손뼉을 치며 몸을 일으켰다.

"그런데 그게 정말 가능할까?"

청월이 회의적인 반응을 보였다.

정파를 대표하는 천하맹과 사파를 대표하는 흑룡회.

이 둘 사이를 이간질할 수 있는 존재가 과연 중원에 존재할 수 있을까.

"가능할 거야. 아마도."

제갈선은 그렇게 말하고 말을 이었다.

"옛말에 이런 말이 있어. 불가능한 일을 제외하고 남는 것, 설령 그것이 받아들이기 힘들더라도 진실이라고."

"…정말 믿고 싶지 않은 사실이네."

청월은 씁쓸한 미소를 지었다.

진실은 밝혀냈지만 그로 인해 더욱더 큰 짐을 지고 말았다.

과연 혼약식을 깨뜨리고 대혈전의 씨앗을 뿌린 악한은 누구일까.

배후를 추적하니 머리는 더욱 복잡해졌다.

"혹시 놓친 게 있을 수도 있어. 그러니까 그날 살아남은 생존자를 만나보자."

제갈선이 말을 꺼냈다.

"생존자라고 하면……."

"그래, 청성파에 참극이 있을 때 무사 복귀한 사람은 딱 다섯 명이지. 그중에는 우리가 잘 아는 인물도 있어."

"그게 누군데?"

청월이 눈을 빛내며 물었다.

"가자. 내가 앞장설 테니까."

"야, 우선 누군지부터 말을 해."

"…그런 재미없는 짓을 왜 하냐? 얼른 따라오기나 해."

제갈선이 신법을 밟으며 앞서나갔다.

청월은 그 뒤를 쫓으며 생각에 잠겼다. 상상하지도 못한 전말에 점차 가까워지고 있었다.

일각에 걸쳐 맹을 가로질렀다.

두 사람이 멈춘 곳은 다름 아닌 천룡단의 전각 앞이었다.

일과가 끝난 만큼 단원들은 보이지 않았다.

다만 지평선 너머로 누운 태양만이 그들을 반길 따름이다.

"그 사람이 천룡단에 있어?"

"그래."

제갈선은 인기척을 낸 뒤 익숙하게 집무실로 향했다. 그곳은 다름 부단주 모용제의 집무실이다.

청월은 뜨악한 표정으로 제갈선을 응시했다.

청성파의 생존자가 부단주라는 건 전혀 몰랐다.

한편 제갈선은 청월의 그런 시선을 즐기며 안으로 들어갔다.

모용제는 수북이 쌓인 서류와 씨름하고 있었다.

그는 두 사람을 보며 반가운 미소를 보였다.

"두 사람 다 오랜만이군."

"부단주님을 뵙습니다."

청월과 제갈선이 동시에 인사했다.

"근신 처분을 받았다는 이야기는 들었다. 듣고 나서 얼마나 어처구니가 없던지……."

모용제는 차를 들이켜며 속을 삭였다.

두 사람에게 내린 처분은 지독하게 가혹했다.

만약 청월이 활약하지 않았다면 백묘조가 전멸했을 것은 불고의 사실이다.

공을 내리지는 못할망정 오히려 벌을 내리다니.

"둘 다 너무 속상해하지 않았으면 좋겠다. 본래 윗사람들은 꼬투리를 잡아 벌주는 것을 좋아하는 법이니까."

"명심하겠습니다."

"그나저나… 나를 찾아온 이유가 궁금한데?"

모용제가 눈썹을 꿈틀거리며 물었다.

"한 가지 여쭙고 싶은 게 있습니다."

청월은 잠시 뜸을 들인 뒤 말을 이었다.

청성파의 비극은 물론 무림 전체의 비극이다.

하지만 사건 현장에 있던 모용제에게는 또한 사적인 이야기이기도 했다.

조심스럽게 접근하지 않으면 안 됐다.

"실례가 되지 않는다면 청성파에서 있었던 일을 듣고 싶습니다."

청월의 말에 모용제가 헛헛한 웃음을 터뜨렸다.

예상치 못한 질문에 기가 막힌 것이다.

"너희가 태어나지도 않았던 때의 일인데… 정녕 궁금한 것이냐?"

"네. 꼭 듣고 싶습니다."

제갈선이 한마디를 보탰다.

서류로 파악할 수 있는 정보는 모두 파악했다.

지금 중요한 것은 사건 현장에서 어떤 일이 벌어졌는지 하는 것이다.

"별난 일이군. 웬만한 건 서적을 통해 알 수 있는데."

모용제가 뜸을 들인 뒤 말을 이었다.

"특별히 이유는 묻지 않겠지만 쓸데없는 짓은 하지 말거라. 너희 둘 모두 근신 중이다."

"네."

두 사람의 대답에 모용제가 만족스런 미소를 지었다.

그는 곧 청성파에서 있었던 일을 이야기해 주었다.

이십 년도 더 된 일이지만 그날의 기억은 좀처럼 잊을 수가 없었다.

모용제는 현장의 분위기를 생생하게 전달해 주었다.

그날의 날씨와 담 주변으로 늘어섰던 나무들,

식장에 몰렸던 정파인들과 그들이 도란도란 주고받은 이야기.

모든 것이 손에 잡힐 듯 생생했다.

하나 이를 듣는 청월과 제갈선의 표정은 그리 밝지 못했다.

다 알고 있는 내용이었다.

좀 더 세밀하게 살이 붙었을 뿐이지 기본적으로 사건집과 다를 바가 없었다.

문제는 모용제가 한 번 터뜨린 입을 주체하지 못한다는 것이다.

"……."

눈이 마주친 두 사람은 같은 표정을 짓고 있었다.

똥을 밟았다.

혹시나 정보를 얻을 수 있을까 하고 왔는데 지리멸렬한 이야기에 희생양이 되고 말았다.

그들은 중간중간 추임새를 넣으며 고개를 끄덕였다.

이야기를 듣는 최소한의 도리를 지킨 것이다.

하지만 그것은 오히려 모용제의 이야기 욕심을 부추겼다.

그는 무려 반 시진 가까이 입을 놀렸다.

평소에는 보지 못했던 수다스러운 모습이다.

"그런데 지금 생각하니까 조금 이상한 점이 있구나."

모용제의 말에 번쩍 정신이 들었다.

청월은 허벅지를 꼬집으며 의식을 깨웠다.

반면 제갈선은 실눈을 뜬 채 고개를 끄덕일 따름이다. 부단주의 말을 건성건성 들은 것이다.

청월은 전음을 보내 그를 깨웠다.

"그게 무엇이죠?"

"당시에는 몰랐는데 말이야, 습격했던 복면인 중에… 안술(眼術)을 쓰는 사람이 있었던 것 같다."

"안술이요?"

청월이 놀라서 되물었다.

안술이란 말 그대로 눈으로 펼치는 무공이다. 이를 쓰는 존재는 중원 역사를 통틀어 다섯이 되지 않았다. 그만큼 흔치 않은 능력이다.

"그래. 습격할 당시 힘을 못 쓴 것도 그것 때문이었어."

모용제가 작게 고개를 끄덕였다.

자객이 들이닥치고 얼마 후였다.

참석자 중 삼분의 이가 비명을 지르고 토악질을 했다. 독이 퍼진 것도 아니었기에 다들 어쩔 줄을 몰라 했다.

"저놈의 눈을 보지 마라! 절대로!"

누군가 소리치지 않았다면 모용제도 그 눈을 보았을 것이다. 그랬다면 지금 이 자리에 있을 수도 없었다.

"정말 특이한 일이군요. 안술이라니……."

"옛 기억이라 정확하다고 볼 수는 없지. 하지만 독도 아니고 그 많은 사람에게 피해를 입힐 방법은… 생각나지 않는구나."

모용제는 남아 있던 차를 모두 들이켰다. 말을 많이 했더니 목이 따끔거렸다.

"내 이야기는 여기까지다. 더 이상은 생각나는 게 없구나."

"좋은 말씀 많이 들었습니다."

두 사람은 일어나서 나갈 채비를 했다.

앉아 있던 의자를 만져보니 뜨끈뜨끈했다. 그만큼 시간이 오래 지난 것이다.

청월과 제갈선이 막 나가려는데 모용제가 중얼거렸다.

"…설마 아니겠지?"

그는 자신의 생각을 부정이라도 하듯 고개를 저었다.

"방금 무슨 말씀이십니까?"

제갈선이 눈을 빛내며 물었다.

그의 본능이 갓 잡아 올린 생선처럼 펄떡거리기 시작했다. 지금 이 순간을 놓쳐서는 안 됐다.

직관과 상상력이야말로 사건을 풀어가는 핵심 열쇠이다.

적어도 제갈선은 그렇게 믿고 있었다.

"신경 쓰지 말거라."

"꼭 듣고 싶습니다."

제갈선의 말에 모용제가 곤란하다는 표정을 그었다.

그는 한참을 수염을 쓰다듬더니 말을 이었다.

"별건 아니다만 혼약을 약속한 청성파의 청진설 소저 말이다."

청진설은 청성파의 장녀로 흑룡회의 장남과 사랑에 빠진 장본인이다.

"청 소저를 식장에서 한 번도 못 본 것 같구나. 뭐 내가 한눈을 팔아서 그런 건지는 모르겠지만."

"…알겠습니다. 좋은 말씀 감사합니다."

두 사람은 인사를 한 뒤 방을 나왔다.

이야기를 나눈 사이 천하맹에 땅거미가 졌다. 겨울이 오니 유시만 되어도 깜깜했다.

문득 서쪽에서 매서운 바람이 몰아닥쳤다.

"어떻게 생각해? 부 단주님의 이야기."

"솔직히 나도 잘 모르겠다. 파고들어 가면 걸리는 게 있겠지."

청월의 물음에 제갈선이 담담하게 대답했다.

그들은 이제 막 대혈전에 대한 새로운 시각을 가졌다. 섣부른 판단을 하기 전에 정보를 모으는 편이 좋았다.

"같이 찾아보자."

"뭐를?"

"천하맹과 흑룡회를 이간질한 놈들을."

제갈선이 의욕을 불태우며 말했다. 상대는 천하맹과 흑룡회를 동시에 습격했다.

즉 사파는 물론 정파에도 세력을 가지고 있는 게 분명했다.

그렇지 않으면 양쪽에서 분란을 일으킬 수 없었다.

"잘하면 우리 둘이 영웅이 될지도 모르겠다. 안 그래?"

제갈선은 장난스런 미소를 지으며 청월의 어깨에 팔을 둘렀다.

진실을 향한 수레바퀴가 굴러가기 시작했다.

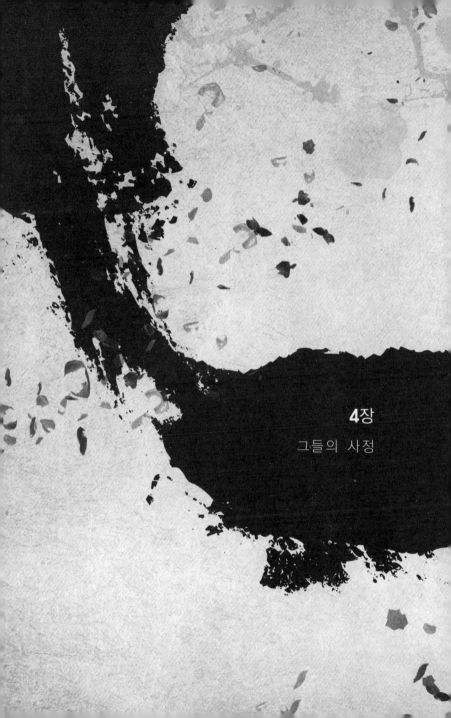

4장

그들의 사정

사천성 구채구 중 전죽해.

호수는 투명하고 맑아 전방에 있는 산을 모두 담았다. 물결은 잔잔했으며 오리 몇 마리가 무리를 지어 호수를 가로질렀다.

자박자박.

두 명의 여인이 녹지 않은 눈길을 지나갔다.

그들은 길을 따라 호수의 하류로 향했다.

숨을 쉴 때마다 하얀 김이 뿜어졌으며 차가운 바람이 얼굴을 할퀴었다.

하나 그들은 그저 묵묵하게 걷기만 했다.

한 식경쯤 지났을까.

두 여인이 마침내 멈췄다.

한 청년이 앞을 가로막은 것이다. 청년의 얼굴은 말끔했으며 다부진 눈썹과 오뚝한 콧날이 인상적이었다.

청년의 이름은 진무홍이었다.

"웬일로 바깥에 나오셨죠?"

한 여인이 먼저 말을 걸었다.

그녀의 얼굴에 고혹적인 미소가 걸렸다. 오직 진무홍을 향해서만 보이는 미소이다.

"바깥바람이 쐬고 싶어서 나왔지. 당신처럼."

진무홍은 그렇게 말하고 호수를 응시했다.

그는 여름보다 겨울의 호수를 더욱 좋아했다.

여름의 호수가 격정적이고 동적이라면 겨울에 호수는 고즈넉하고 쓸쓸한 느낌을 풍겼다.

인간의 본성을 더욱 잘 드러낸 것도 분명 겨울 호수 쪽이리라.

"답답하지 않은가? 이곳에 갇혀 있는 것이."

"상관없어요. 당신이 곁에 있으니까."

"아직까지 그런 말을 할 수 있다니. 당신도 보통 요물이 아니군."

진무홍이 피식 웃었다.

여인은 그와 이십 년을 넘게 연인으로 지냈다.

문제는 이를 위해 그녀가 엄청난 대가를 치렀다는 점이다.

이제는 그도 그녀에게 보답을 하지 않으면 안 됐다.

"지금쯤이면 미안하다는 생각을 하고 있겠군요."

여인이 담담하게 말했다.

진무홍이 가슴이 찔려 아무 말도 하지 못했다.

이런 때의 그녀는 마치 그의 머리 꼭대기에서 그를 지켜보는 것 같았다.

세월과 함께 나눈 정이 무서운 것도 바로 이 때문이리라.

오랜 침묵 끝에 진무홍이 운을 뗐다.

"그나저나 중원 놈들도 꽤나 둔하군."

"무슨 말씀이죠?"

"아직 우리의 그림자조차 찾지 못했으니까 말이야."

"동감이에요."

여인이 작게 고개를 끄덕였다.

"기왕이면 저번처럼 활약하고 싶은데, 그럴 일은 없겠죠?"

여인의 얼굴에 다시 미소가 피어올랐다.

그녀가 이곳에 남은 것은 바로 그 때문이었다.

그녀에게는 중원을 다시 흔들 힘이 있었다.

비록 그것이 무력은 아니지만 무력 이상의 큰 효과를 낼 수 있었다.

천하맹과 흑룡회를 쥐었다 폈다 할 수 있는 강력한 힘 말이다.

"저번 같은 일을 한 번 더 하고 싶은 건가?"

"네."

"못 말리겠군. 날이 쌀쌀하니 금방 돌아와라."

진무홍은 한마디 하고는 호수를 벗어났다. 이런저런 생각을 하며 걷는 사이 거처에 도착했다.

"교주님, 삼귀존(三鬼存) 적인목이 찾아왔습니다."

"알았다."

진무홍이 무표정하게 답했다.

이층 다과방으로 향하니 적인목이 차를 마시고 있었다. 아직 김이 모락모락 나는 것을 보니 막 도착한 모양이다.

"교주님을 뵙습니다."

적인목이 무릎을 꿇으며 인사했다.

"됐다. 앉아라."

"네."

진무홍은 의자에 앉은 뒤 적인목을 응시했다.

흑룡회 일로 바쁜 그가 직접 이곳까지 왔다. 시시껄렁한 소식을 전하지는 않을 것이다.

"이렇게 대면하는 건 오랜만이군."

"그렇습니다. 교주님과 함께하려면 하루빨리 중원을 장악해야겠지요."

"입에 발린 소리도 여전하구나."

진무홍의 얼굴에 미소가 피어올랐다.

"그나저나 본론으로 들어가자. 하고 싶은 말은?"

"몇 가지 심상치 않은 일을 알려드리고자 합니다."

적인목이 뜸을 들인 뒤 말을 이었다.

"우선 흑룡회 쪽 정보부터 말씀드리겠습니다. 최근 화룡천과 진수연, 그리고 의원 하나가 복귀했습니다. 현재 의원이 진수연을 보고 있는데 차도가 상당합니다."

"상당하다는 뜻은?"

"조만간 완전히 회복될 것 같습니다."

"의외군. 진수연을 고칠 수 있는 의원이 있다니."

진무홍이 얼굴을 찌푸렸다.

진수연이 앓고 있는 것은 희귀병 중에서도 희귀병이다. 어찌 보면 지금까지 살아 있는 것이 기적이다.

하나 그 기적이 이번까지 이어져서는 안 됐다.

마령교가 중원을 손에 넣기 위해서 그녀는 이번에 죽었어야만 했다.

그녀의 피로 천하맹과 흑룡회를 다시 싸움 붙일 생각이었으니까 말이다.

"한 가지 더 말씀드리겠습니다."

적인목이 말을 이었다.

"화룡천의 말에 의하면 정파에도 쌍검술을 쓰는 청년이 있다고 합니다. 실력도 장로들을 웃도는 수준이라고 합니다."

"…재미없는 소식만 이어지는군."

진무홍의 얼굴이 더욱 일그러졌다.

진수연은 죽고 최고장로가 날뛰어야 했다.

가능하면 화룡천까지 천하맹에 쫓겨 죽기를 바랐다.

천하맹 쪽에 흑룡회의 정보를 흘린 것도 본래 그런 의도였으니까 말이다.

그런데 일이 잘 풀리지 않았다.

게다가 예상치 못한 고수는 또 무엇이란 말인가. 마령교에서도 그만한 고수는 여섯을 넘지 않았다.

"청월이라는 놈은 어떤 놈이지?"

"천하맹 소속의 무사인데 아직 알려진 것이 없습니다."

"감시를 붙여라. 크면 곤란해진다."

"네."

적인목이 뜸을 들인 뒤 말을 이었다. 좀 전과는 달리 표정이 밝아졌다.

"앞서는 심려되는 말씀을 전했지만 지금부터는 좋은 소식입니다."

"말해보아라."

"천하맹의 장무룡 놈이 일을 냈습니다."

적인목이 말을 이었다.

그는 장무룡이 각 단주들을 선동한 일과 이로 인해 천하맹에 균열이 간 것을 설명했다.

마지막으로 조만간 천하맹에서 흑룡회를 습격할지도 모른다는 사실까지도 전했다.

"흑룡회가 뒤집어지길 바랐는데 천하맹이 뒤집어질 줄이야."

"저도 의외라고 생각했습니다."

적인목이 동의한다는 듯 고개를 끄덕였다.

그들이 심혈을 기울이는 쪽은 사실 천하맹이 아니라 흑룡회였다.

마령교의 뿌리는 엄밀하게 사파 쪽에 있기 때문이다.

그들의 전신은 과거 중원을 호령하던 수라신교였다.

"그렇다면 조만간 두 번째 대혈전이 벌어지는 셈이군."

진무홍이 손가락으로 탁자를 두들겼다.

바로 이날을 위해 칼을 갈아왔다.

그들의 전력은 천하맹과 흑룡회와 비교해도 크게 뒤지지 않았다.

혈강시만 해도 삼백여 구가 넘었고 방패로 사용할 수라마

인도 이백에 가까웠다.

거기에 절정 이상의 고수도 상당수 포진했다.

이번 싸움에서는 그들 역시 참전하여 야욕을 보일 것이다. 승자는 말할 것도 없이 자신들이 되겠지만.

"그날을 생각하니 피가 끓습니다."

"암, 그래야 진정한 마도인이지."

진무홍이 피식 웃으며 말을 이었다.

"흑룡회라니, 그게 무슨 말도 안 되는 조직이야. 연합이란 건 본래 힘없고 자존심 없는 것들이 뭉치는 것이지. 패도의 법을 따르는 우리에겐 있는 수 없어."

"교주님의 말씀이 옳습니다."

"나도 슬슬 준비하지 않으면 안 되겠군."

진무홍의 시선이 문득 창가로 향했다.

창 근처에는 상록수가 서 섰는데 나무 위로 꿩 한 마리가 올라탔다.

꿩이 날갯짓을 하자 녹지 않은 눈 뭉치가 후두두 떨어졌다.

"저 꿩, 곧 죽겠군."

"그게… 무슨 말씀이신지……?"

적인목의 눈이 토끼처럼 커다래졌다.

진무홍의 진의를 알 수 없었던 탓이다.

교주가 직접 꿩을 죽인다는 의미일까, 아니면 다른 비유의 의미가 있는 걸까.

휘익―

순간 한 발의 화살이 꿩을 관통했다.

꿩은 이에 맞고 맥없이 쓰러졌다. 피가 흐르면서 주변이 금세 붉게 물들었다.

이를 지켜본 적인목은 그저 신음을 흘릴 수밖에 없었다.

이게 대체 무슨 조화란 말인가.

"꿩이 죽을 것을… 어찌 아셨습니까?"

진무홍이 피식 웃으며 적인목을 응시했다.

"식사는 하고 복귀해라."

진무홍은 적인목의 어깨를 두드린 뒤 방을 벗어났다.

적인목은 그제야 편히 숨을 몰아쉬었다.

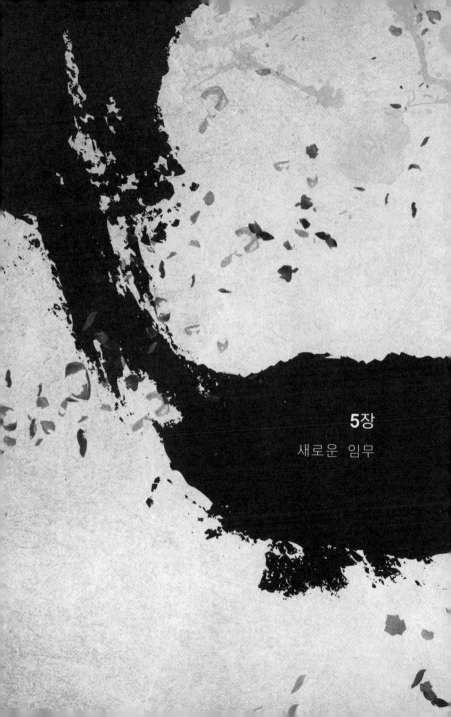

5장

새로운 임무

천하맹이 어수선했다.

무사들은 삼삼오오 모여 대혈전이 벌어진다는 풍문을 날랐다.

아직 확정된 것은 없었지만 그것은 피할 수 없는 수순처럼 보였다.

온건파와 강경파의 위치가 최근 백팔십도로 뒤집어진 탓이다.

온건파에 천하맹주가 있다고는 하지만 많은 단주가 강경 노선으로 갈아타고 있었다.

사악한 마도인들에게 본때를 보여주자.

흑룡회를 발본색원함으로써 진정한 평화를 되찾자.

이러한 의견이 팽배해지기 시작했다.

맹주를 비롯한 단주들은 끊임없이 회의를 벌였으며, 회의 중 고성이 오가는 일도 흔했다

그리고 결국 일주일 전 흑룡회를 물리치는 것을 골자로 한 사생취의 안건이 통과되었다.

이 뜻은 즉 곧 두 번째 대혈전이 재현된다는 것이다.

저번과 다른 점이 있다면 천하맹이 선공을 펼친다는 점뿐이다.

사생취의가 통과된 후 천하맹은 바쁘게 움직였다.

우선 흑룡회를 습격할 정예들을 뽑아 부대를 편성해야 했고, 지휘 체계와 훈련 체계 또한 다 잡아야 했다.

구대방파와 중소 방파의 무사들이 속속들이 집결하는 가운데 전란의 소용돌이가 태동 중이었다.

*   *   *

"정말 대혈전이 벌어지는 건가?"

청월은 땅이 꺼져라 한숨을 내쉬었다.

천하맹의 남문은 상시 열려 있었으며 그곳으로 수많은 무

사가 출입했다.

흑룡회와의 싸움이 기정사실이 된 지금,

천하맹은 그야말로 중원 무사들의 집합소 같은 곳이 되었
다.

온갖 문파의 인원은 물론 무명인이나 낭인들도 천하맹의
검이 되기를 자청했다.

그래서 맹 내부를 걸으면 새로운 얼굴을 수도 없이 볼 수
있었다.

확실히 전에는 볼 수 없던 풍경이다.

'문제는 그것뿐이 아니지.'

청월은 사령안으로 무사들을 살폈다.

그들은 모르겠지만 맹에 있는 무사들은 평균치 이상의 죽
음을 소유했다.

관찰해 보니 그 숫자가 매일 조금씩 늘어나고 있었다.

'비극이다.'

청월을 애써 이를 모른 척했다.

흑룡회의 무사들을 해치울 수는 있겠지만 이를 위해선 천
하맹의 희생도 각오해야 했다.

서로를 파멸시키는 것이 과연 정파가 말하는 대의인지 이
해할 수 없었다.

터벅터벅.

남문을 지나쳐 정원으로 향했다. 그리고 정원 가장 깊숙한 곳에 있는 호숫가에 섰다.

가만히 있을 수 없었다.

중원을 강타할 혈풍을 앞두고 무기력하게 있을 순 없었다.

가만히 호수를 보고 있는데 인기척이 느껴졌다. 돌아보니 약속한 인물이 접근하고 있었다.

천하맹주 백담천이었다.

최근에 일 때문인지 피로한 기색이 역력했다. 피부는 꺼칠해 보였으며 표정도 살짝 굳어 있다. 사람을 압도하던 기운마저 한풀 꺾인 모습이다.

"맹주님을 뵙습니다."

"오랜만이군. 설마 자네가 나를 찾을 줄이야."

백담천이 의외라는 듯 고개를 갸웃했다.

"결계를 용서해 주십시오. 직접 찾아뵈면 오해를 살 것 같아서."

청월은 고개를 숙이며 말했다.

현재 그는 근신 처분을 받았기에 항상 주변 살펴야 했다. 오늘의 만남도 백예린을 통해서 간신히 성사시킨 것이다.

"상황은 충분히 이해하고 있다네."

"감사합니다. 그럼 본론부터 말씀드리겠습니다."

청월은 뜸을 들인 뒤 말을 이었다.

"맹주님께서는 일전에 있었던 청성파의 비극을 어찌 보십니까?"

"…갑자기 그걸 묻는 이유가 뭐지?"

백담천이 수염을 쓰다듬으며 말했다.

두 번째 대혈전이 코앞으로 다가왔다. 과거의 일을 캐낼 여유가 없었다.

"천하맹과 흑룡회의 오해는 거기서 시작됐습니다. 그 매듭을 풀면 자연스럽게 모든 것이 풀리게 됩니다."

청월은 그렇게 말하고 품에서 서첩을 꺼냈다.

서첩에는 제갈선과 함께 깨달은 청성파 사건의 진실이 적혀 있었다.

또한 대혈전을 막기 위해 준비한 회심의 작전까지도 말이다.

백담천은 아무 말 없이 서첩을 읽었다. 간간이 터지는 신음 소리만이 그의 충격을 대변했다.

"…청성파의 일을 이런 식으로 접근할 줄이야."

백담천은 서첩을 접은 뒤 감탄했다.

청월이 준 서첩은 칼날처럼 차가웠다.

천하맹의 입장에 치우치지 않고 각종 정보를 분석해 결론을 내리고 있었다. 그 결론이 다소 충격적이라는 게 문제였지만.

"맹주님께서는 어떻게 생각하십니까?"

"솔직히… 자네들 의견에 끌리는군. 흑룡회가 사파 무리이긴 하지만 결국 인간이거든. 하지만……."

백담천이 잠시 뜸을 들인 뒤 말을 이었다.

"중요한 건 주장을 뒷받침할 물증이 없다는 거지. 게다가 천하맹과 흑룡회를 조종한 배후도 오리무중이야. 이래선 동네에서 퍼지는 괴담과 다를 바 없네."

아무리 논리정연한 말이라도 이를 뒷받침할 만한 것이 없으면 추측이 되고 만다.

중원 무림은 추측으로 움직일 만큼 호락호락한 곳이 아니었다.

그것도 이곳은 정파인들의 총본산인 천하맹이 아닌가.

"그래서 드릴 말씀이 있습니다. 제 근신을 풀어주셨으면 합니다."

청월이 기백 있게 말했다.

"어째서지?"

"천하맹과 흑룡회를 이간질한 세력을 찾아내겠습니다. 그리고 그들이 청성파에 개입했다는 증거도 확보하겠습니다."

이번에는 맹주에 능구렁이 같은 모습을 보여주는 게 좋겠습니다.

"…의심 가는 곳을 알고 있는가?"

"그렇습니다."

청월은 망설이 없이 답변했다.

그는 바로 어제 제갈선과 함께 문파전집을 독파했다. 그리고 가장 의심 가는 문파 한 곳을 찾았다.

그곳이라면 분명 비극 속에 묻힌 진실을 발견할 수 있으리라.

"……"

백담천은 침묵을 지켰다.

현재 취걸아는 사라진 의원들을 찾는 반면 장무룡이 백묘의 계에 개입했다는 증거를 확보 중이었다.

거기에 청월이 청성파 사건의 배후를 캐낸다면 확실히 사생취의 안건을 물리칠 수 있었다.

잘만 하면 대혈전을 무위로 돌릴 수도 있었다.

백담천이 침묵을 지키는 가운데 싸늘한 정적이 흘렀다.

청월은 그 시간이 억겁처럼 길게 느껴졌다.

중원에 벌어질 죽음과 비극을 막기 위해 맹에 들어왔다. 지금이야말로 그 목적에 다가갈 수 있는 기회가 왔다. 이차 대혈전만큼은 막지 않으면 안 됐다.

"근신 처분은 풀 수 없다."

"맹주님!"

청월은 자신도 모르게 언성을 높였다.

누구보다 평화를 지키려는 맹주다. 그가 어째서 이런 제안을 거절한다는 말인가.

"하지만 자네 스스로 나가는 것은 막을 수 없지. 안 그런가?"

백담천의 얼굴에 알 듯 모를 듯한 미소가 어렸다.

"……"

"오늘 저녁 맹을 나가는 짐마차가 있으니 그걸 이용하면 될 걸세. 그리고 가능하면 사십 일 안에 결판을 내야 해. 단주들을 누르는 데도 한계가 있거든."

"감사합니다."

청월은 뒤늦게 백담천의 의도를 깨달았다.

"제갈선이라는 친구와 예린이도 함께 데려가게. 혼자 있는 것보다는 힘이 될 것이야."

"네."

"한 배를 탔으니 잘 부탁하네."

백담천은 청월의 어깨를 두드린 뒤 정원을 벗어났다.

그는 청월이 어디로 향하는지, 무엇을 할 건지도 묻지 않았다.

청월을 완전하게 신뢰하고 있는 것이다.

그 믿음에 보답하는 길은 오직 확실한 결과물을 가져오는 것뿐이다.

"해보자. 해보지 않으면 모르는 거니까."

청월의 시선이 하늘을 향했다.

＊　　　＊　　　＊

하늘은 맑고 푸르렀다.

얼마 전까지 찌푸린 채 눈을 쏟았던 게 믿기지 않을 정도로
청명했다.

후우우우우웅.

무언가가 야산의 대로를 가로질렀다.

그것이 지나가며 엄청난 바람이 불었는데 이로 인해 나뭇
가지에 쌓였던 눈이 우수수 떨어졌다.

정체불명의 바람은 바로 청월이었다.

그는 간만에 전심전력으로 신법을 펼쳤다.

대혈전이 코앞까지 닥친 지금 한가하게 걸을 시간 따위는
없었다.

하루라도 빨리 필요한 정보를 얻지 않으면 안 됐다.

'반 시진 정도면 충분하겠어.'

청월의 시선이 야산 아래의 마을로 향했다.

천하맹이 있는 섬서에서 사천까지 무려 이틀 만에 돌파했
다.

기다리던 목표는 이제 손바닥 안에 있다고 볼 수 있었다.

그는 한참을 달린 뒤 문제의 마을 정룡에 도착했다.

정룡은 정우산을 끼고 있는 분지였는데, 특산물인 딸기가 유명했다.

그래서 그런지 몸을 에던 쌀쌀함도 전보다 한풀 꺾였다.

"일단 간단하게 끼니를 해결하자."

청월은 가까운 객잔에서 국수를 시켰다.

지난 이틀간 먹은 것이라곤 달랑 육포 다섯 조각이 전부이다. 배가 고픈 것은 인지상정이다.

"귀가 간지러운 걸 보니 내 욕을 하고 있네."

청월은 귓바퀴를 만지며 피식 웃었다.

아마도 욕을 하고 있는 주인공은 제갈선일 것이다. 아무런 말도 없이 사라졌으니 제갈선의 입장에선 황당하리라.

하나 이번 임무만큼은 혼자서 처리하고 싶었다.

상대는 천하맹과 흑룡회를 흔들 만큼 강단이 있다.

자신의 목숨도 건사할지 모르는 곳에 동료를 끌고 갈 순 없었다.

백예린을 데려가는 일은 물론 더더욱 안 될 일이고 말이다.

"국수 나왔습니다."

청월은 점소이가 내온 국수를 게눈 감추듯이 먹어치웠다.

사천 지방이라서 그런지 국수조차 국물이 시뻘겋고 칼칼

했다.

그래도 막상 먹다 보니 매운 맛에 빠져 국물까지 모두 비웠다.

"배도 채웠으니 슬슬 시작해 보자."

그는 목을 꺾으며 문제의 문파로 향했다.

한 식경쯤 걸으니 긴 담이 이어진 건물들이 보였다.

정문에는 다섯 명의 무사가 서 있고 만천문(萬千門)이라는 용맹한 필체의 문패가 걸려 있다.

이곳이 바로 정, 사파의 연합을 흔든 맹랑한 무리가 숨어 있는 곳이다.

문파를 가만히 보고 있자니 가슴속에서 뜨거운 것이 치솟아 올랐다.

그것은 대통합을 비극으로 바꿔 버린 무리에 대한 분노일 수도, 임무를 성공시켜야 한다는 열망일 수도 있었다.

'만천문이라······. 확실히 의심스러운 곳이지.'

청월은 작게 고개를 끄덕였다.

만천문은 우선 그 위치부터가 매우 의뭉스러웠다.

이곳은 청성파와 의문의 산불이 난 곳, 그 두 곳에 매우 가까웠다.

즉, 혈겁을 일으키고 흑룡회원의 사체를 처리하기엔 최적의 장소라고 볼 수 있었다.

하나 의심스러운 것은 그것뿐만이 아니었다.

만천문의 설립 시기 역시 간단히 넘길 수 없었다.

이들은 청성파의 비극이 발생하기 바로 육 개월 전에 문파를 세웠다.

정보를 종합컨대 이를 단순한 우연으로 볼 순 없었다.

"가자. 호랑이를 잡으려면 호랑이 소굴로 가야지."

청월은 볼을 두드리며 입구로 향했다.

그는 문지기들에게 문파의 무사가 되고 싶다는 의사를 전했다.

문지기는 하품을 하며 검지로 한곳을 가리켰다. 문파 바깥에 업무 창구가 따로 있는 모양이다.

건물로 들어가니 한 중년인이 와자작거리며 단감을 먹고 있었다.

"만천문에 입문하고자 왔습니다."

"입문?"

중년인은 그제야 감을 내려놓고 청월을 응시했다.

"비실비실하고 약해 보이는데……. 무기는 없고?"

"저는 권을 씁니다."

청월이 당당하게 말했다.

천하맹을 나설 때 일부러 무기는 소지하지 않았다.

그가 쌍검을 쓴다는 사실이 많이 퍼졌기 때문이다. 만약에라도 상대가 그를 알아보면 곤란했다.

"음, 근데 어쩌지? 무사들 정원이 다 찼어."

"네? 무사를 뽑는데 정원이 있습니까?"

청월이 놀라서 되물었다.

흔히 말하는 구대문파가 아니라면 보통 문도 수를 늘리는 데 혈안이 되어 있다.

정원을 정해놓고 나머지를 내친다는 일은 있을 수 없었다.

"만천문은 원래 그런 곳이야. 문주님 성격이 좀 특이하시 거든."

고선웅이 감을 씹으며 말을 이었다.

"하여간 무사 자리는 다 찼어. 무공을 배우고 싶으면 다른 문파를 찾아봐."

"어르신께서 힘을 써주시면 안 되겠습니까?"

청월은 일부러 품에 있는 전대를 흔들었다.

가능하다면 돈으로 그를 매수할 생각이었다. 적의 본거지 를 앞에 두고 돌아간다는 것은 있을 수 없었다.

"자네는 무공을 배우고 싶어서 입문하려는 거지?"

"네."

"나한테 그만한 힘이 있을지 모르겠는데……."

고선웅이 말끝을 흐렸다. 하는 모습을 보니 잘만 하면 넘어 올 것도 같았다.

탁!

청월은 은자 두 냥을 책상에 내려놓았다.

그러자 고선웅이 주변을 살핀 뒤 이를 슬며시 품에 넣었다.

"이 일은 우리 둘만 알고 있는 걸로 하세."

"물론입니다."

"원하는 만큼은 아니지만 분명 무공은 배울 수 있을 게야. 이름이 뭔가?"

"…웅철이라고 합니다."

청월은 간신히 이름을 지어냈다. 잠입을 하는 이상 진명을 쓸 수는 없었다.

"웅철이라……. 꽤나 밤일을 잘할 것 같은 이름이군. 자, 그럼 곧바로 문파로 들어가자고."

청월은 고선웅과 함께 문파로 향했다.

천하맹과 흑룡회를 이간질한 전대미문의 집단.

과연 만천문이 그 주인공이 맞는 걸까.

그렇다면 이곳에서 어떠한 정보를 캐내야 하는 걸까.

청월은 알 수 없는 긴장감을 느끼며 건물을 나왔다.

*   *   *

쓰으으으으윽.

빗질 소리가 경쾌하다.

하인들은 일렬로 늘어서서 녹지 않은 눈과 먼지를 쓸어냈다.

빗자루가 모자라 일부 하인들은 허리를 숙이고 일일이 나머지 쓰레기를 치웠다.

"막내야, 여기 먼지가 한 가득이다."

"막내야, 꽉 찬 포대자루는 한곳에 모아두라고 했지?"

하인들은 매번 막내를 찾아댔다.

뭔가가 부족하거나 풀리지 않으면 무조건 막내부터 찾고 봤다.

막내라는 것은 본래 여러 의미의 사랑과 관심을 받는 존재이니까.

"네네, 갑니다."

막내 웅철, 아니, 청월은 정신없이 이곳저곳을 오갔다.

하인들에게도 그 나름의 계급이 있었고, 이를 지키지 않으면 버림을 받았다.

청월은 그 속에서 살아남기 위해 피나는 노력을 하고 있었다.

'당했다. 완전히 당했어.'

청월은 꽉 찬 포대자루를 치우며 한숨을 쉬었다.

문득 바라본 파란 하늘에 고선웅의 사악한 미소가 떠올

랐다.

"원하는 만큼은 아니지만 분명 무공은 배울 수 있을 게야."

그따위 말을 할 때부터 눈치를 챘어야 했다.

고선웅은 청월을 무사가 아닌 하인으로 들여보냈다.

무공이란 건 본래 훔쳐보며 익혀야 제 맛이라는 얼토당토

않은 말을 남기고서 말이다.

덕분에 청월은 꼼짝없이 하인 생활을 하게 됐다.

'좋게 생각하자, 좋게.'

청월은 볼을 두드리며 잡념을 몰아냈다.

무슨 수를 써서라도 만천문에 들어왔다는 것이 중요했다.

도둑고양이처럼 잠행을 해선 깊은 정보를 캐낼 수 없었다.

"막내야, 멍 때리고 있냐?"

"아, 아닙니다."

청월은 창고에서 서둘러 하인들이 청소하는 곁으로 다가

갔다.

하인 생활을 한 지도 어언 칠 일이 되었다.

그도 이제는 제법 하인 구색을 갖추게 되었다.

문파의 무사들을 보면 허리를 접어 인사를 했고, 주변에 쓰

레기가 있으면 솔선수범해서 치웠다.

열 명의 하인과 같은 방을 쓰는 데도 거부감이 없었다.

또한 한밤중에 대지가 요동칠 정도의 코 고는 소리도 참을 줄 알았다.

무림에 드리운 먹구름을 막기 위해선 이 정도는 감수해야 했다.

"잠깐 휴식."

우두머리 격인 청강이 소리쳤다.

하인들은 그제야 허리를 펴며 너나없이 기지개를 켜기 시작했다.

하나 청월만큼은 아직 휴식을 취할 수 없었다.

그는 부엌으로 달려간 뒤 양손에 물주전자를 챙겼다.

"목이 마르실 텐데 쭈욱 들이켜시죠."

"암, 그래야지. 너도 이제 가서 쉬어라."

"네."

청강의 허락을 받고 난 뒤야 주변에 자리를 잡았다.

'큰일이군. 날이 얼마 남지 않았는데.'

한숨이 저절로 나왔다.

청월은 하인 생활을 하면서 만천문을 파악하는 것도 게을리하지 않았다.

하지만 가시적인 성과는 아직 전무했다.

만천문은 문도 수가 대략 삼백 정도였으며 대부분이 떠돌이 무사였다.

의사 결정에 핵심이 되는 인물은 여섯이었는데,

문주 옥면검 한채문과 그 밑으로 있는 다섯 명의 장로이다.

다만 그들은 문파와 떨어진 별채에서 생활해 도통 얼굴을 볼 수가 없었다.

산적한 문제는 그것뿐이 아니었다.

하루는 청월이 하인 중 한 명에게 물었다.

"형님, 한 가지 궁금한 게 있는데요."

"뭔데? 빨리 말해."

"혹시 말입니다. 문주님과 장로님들을 빼고 문파에서 가장 오래 계신 분이 누구입니까?"

이런 질문을 한 이유는 간단했다.

문파에 오래 있는 사람일수록 속사정을 깊게 아는 법이다.

그래서 그를 통해 과거의 일을 캐물을 생각이다.

가령 청성파의 혼약이 있었던 날 문파의 무사들과 하인들은 무엇을 하고 있었는지 등을 말이다.

이삼백이나 되는 흑룡회의 사체를 처리하려면 티가 나지 않을 수가 없는 법이다.

"음, 제일 오래된 건 아마 청강 형님일 텐데."

"청강 형님은 얼마나 오래 계셨죠?"

"아마 오 년 정도 됐을 거야."

그의 말에 청월은 낙담했다.

오 년 전이라면 대혈전이 벌어진 뒤이다.

청성파 사건에 대해 묻는다고 해도 답변은 들을 수 없었다.

아마 사건을 벌인 후 관련자들을 모두 숙청한 모양이다.

'천하맹은 어떻게 돌아가고 있을까?'

맹 걱정을 하니 머리가 쑤셔왔다.

지금쯤이면 한창 부대를 편성하고 있을 것이다.

청월이 답보 중임에도 죽음은 꾸준히 힘을 키워가는 셈이다.

그런데 바로 그때였다.

누군가가 어깨를 세차게 내려쳤다.

청월은 깜짝 놀라서 몸을 일으켰다. 생각에 빠져 있던 터라 기척을 완전히 놓친 것이다.

돌아보니 청강이 누런 이를 드러내며 웃고 있었다.

"야, 무슨 생각이 그렇게 많아?"

"아, 아닙니다."

"우리 같은 인생은 고민 같은 거 할 필요 없어. 그냥 배부르고 등 따뜻하면 그만이라고."

그는 청월을 다시 앉은 뒤 말을 이었다.

"혹시 일화가 엉겨 붙어서 걱정이냐?"

"……."

청월은 대답하지 않았다.

일화는 청월이 좋다고 따라다니는 시비이다.

외모는 곱상했지만 입과 행동이 거칠어 남자 하인들과 자주 어울렸다.

그녀는 청월을 본 순간부터 호감을 표현했다.

"하인은 다 우락부락한 줄 알았는데. 그것도 아닌 가봐."

일화는 그렇게 말하며 청월의 몸을 쿡쿡 찔렀다.

외모가 여린 사람은 보통 몸이 좋지 않게 마련이다.

하나 청월은 다른 하인 못지않게 몸이 단단했다.

한마디로 그녀의 이상형이었던 것이다. 이후 일화는 청월이 좋다며 쫓아다니기를 반복했다.

"완전히 아니라고는 못하겠습니다."

청월이 답했다.

이리 말하는 것이 앞날을 위해서도 좋았다.

그가 말없이 있으면 일화 걱정을 하는구나 하고 알아서 판단할 테니 말이다.

"성격이 불같지만 그 정도는 참아야지. 생활력 좋고 얼굴과 몸매까지 괜찮은 아이는 드물다."

"그런… 가요?"

"물론이지. 성질 죽이고 한번 만나봐."

청강이 일어서며 바지를 털었다.

이제 점심을 먹으러 갈 것이다. 오늘은 하인들을 위해 특별히 보양식이 나온다고 했다.

"안 가냐?"

청강의 걸음이 멈췄다. 어느새 청월의 발소리가 들리지 않았다.

"저는 뒷간 좀 다녀오겠습니다."

"먹기도 전에 싸겠다니 웃기는 놈일세. 후딱 갔다 와."

"네."

청월은 급한 척 바지를 붙잡고 달렸다. 그리고 청강이 사라진 뒤 다시 본래대로 걸었다.

오늘은 식사를 할 생각이 없었다. 밥보다 더 중요한 일이 존재했기 때문이다.

'이제 가볼 때도 됐지.'

청월은 작게 고개를 끄덕였다.

그의 걸음은 곧 문파의 서문으로 향했다. 서문을 나서면 구채구의 한줄기인 전죽해가 펼쳐지고 근처에 있는 별채도 가볼 수 있었다.

목적지는 바로 그 별채였다.

아무리 생각해도 본당에서는 캐낼 것이 없었다.

본당에 있는 것은 모두 떠돌이 무사였으며 그저 자기들끼리 잘났다고 힘 싸움을 벌이기 일쑤였다.

청월이 보기에 그들은 모두 연막에 불과했다.

바깥사람들이 만천문을 우습게보고 신경 쓰지 않도록 하기 위한 연막 말이다.

'진짜를 만나야 해.'

청월이 만나고 싶은 것은 정체불명의 문주와 장로들이다.

그들과 조우한다면 분명 무언가 소득을 얻으리라.

"넌 뭐냐?"

"하인이 밥도 안 먹고 어딜 돌아다녀?"

문지기들이 한마디씩 했다.

그들은 청월의 접근을 달가워하지 않는 눈치였다.

안 그래도 방금 전까지 춘화(春畵)를 보며 낄낄거리고 있었다.

"잠깐 심부름 갈 것이 있습니다."

"누가 보냈는데?"

"하인장 청강입니다."

"이 시간에 심부름을? 뭘 가지러 가는데?"

문지기들이 꼬치꼬치 캐물었다. 그들은 수상하다는 듯 청월을 훑었다.

청월은 하인이 된 지 얼마 되지 않았기에 좀 더 신경을 쓰는 것이다.

"호수에 통발을 설치했는데 걸린 게 있나 보고 오랍니다.

만약 물고기가 잡히면 세 분께도 나눠 드리겠습니다."

"그래? 빨리 갔다 와."

자연스런 말투에 수긍하는 눈치였다.

그들은 청월을 보낸 뒤 다시 춘화에 빠져들었다.

터벅터벅.

주변을 살피며 걸었다.

사전에 알아보니 본당과 별채까지의 거리는 대략 일 리 정도였다.

굳이 신법을 밟지 않아도 시간 소모는 적었다.

'좀 더 신경을 쓰자.'

청월은 기감을 최대한으로 넓혔다.

혹시라도 문제가 생기면 시간을 벌기 위함이다. 반각 정도 걸었을까.

저 멀리 아담한 건물들이 모여 있는 것이 보였다.

건물 바깥으로는 야트막한 담장이 쳐졌으며 그 앞으로 커다란 개 한 마리가 있었다.

만천문의 별채라는 것은 의심할 필요가 없었다.

'이런, 누군가 오고 있어.'

청월은 저도 모르게 혀를 찼다.

기감에 잡힌 것은 총 삼 인이었다. 두 명은 호수와 붙어 있는 길에서 접근 중이고 다른 하나는 청월이 밟아온 길을 따라

왔다.

청월의 입장에선 진퇴양난인 셈이다.

그는 어쩔 수 없이 오던 길을 다시 밟아갔다.

기감을 살피자면 호수 쪽에서 접근하는 쪽이 훨씬 더 위협적이었다.

그중 한 명은 상당한 공력을 지닌 무사였다.

무기도 없는 지금 마주쳤다간 매우 곤란했다. 돌아가던 청월은 곧 한 여성과 마주치게 되었다.

그를 거머리처럼 쫓아다니는 일화였다.

"여기서 뭐해?"

일화가 허리에 손을 얹고 물었다.

"아, 그냥 얼마 전에 친 통발을 확인하려고."

"그래서? 그런데 왜 옷은 하나도 젖은 데가 없을까?"

그녀의 한마디에 가슴이 철렁 내려앉았다.

설마 그녀가 거기까지 살폈을 줄은 몰랐다.

만약 그녀가 문지기와 청강에게 그의 거짓말을 고한다면 이야기가 복잡해진다.

"그, 그게……."

청월은 자신도 모르게 말을 더듬었다.

허를 찔리니 갑자기 머리가 하얗게 비어버렸다.

그는 일화의 시선을 피해 호수 쪽으로 시선을 돌렸다.

때마침 그곳에는 두 명의 여인이 별채 쪽으로 걸어가고 있었다.

"…아가씨를 보러 왔어?"

일화가 입을 뾰족 내밀며 말했다.

그녀가 먼저 뱉은 말이 오히려 동아줄이 되었다.

별채에는 청연화라는 소저가 있었는데 그녀의 미모가 빼어나 종종 하인들이 그녀를 보기 위해 별채 주변을 기웃거렸다.

"뭐, 그렇게 됐어."

청월은 무안한 척하며 뒷머리를 긁적였다.

청월의 반응에 일화는 강렬한 질투를 느끼는 듯했다.

그녀는 별채로 향하는 여인을 노려본 뒤 청월의 곁에 바짝 붙었다.

"웅철아, 아가씨를 연모한다고 해서 아가씨가 널 거들떠보기라도 볼 것 같아?"

그녀는 그렇게 말하며 청월을 끌었다.

"멀리서 찾지 말고 가까운 데서 찾아. 바보같이."

"……."

청월은 대답도 못하고 끌려갔다.

하나 그가 말을 잇지 못한 것은 그녀의 박력에 눌렸기 때문이 아니다.

그보다 훨씬 중요한 문제를 발견한 탓이다.

'너는 대체 왜?'

사령안은 한동안 일화에게서 떨어지지 않았다.

*　　　*　　　*

별채로 진입할 기회를 놓친 지 육 일이 지났다.

청월의 초조함은 갈수록 더해갔다.

백담천과 약속한 사십 일도 이제 고작 절반밖에 남지 않았다.

그 안에 결과를 내지 못한다면 기어코 대혈전이 벌어지고 말 것이다.

'기회가 나질 않아.'

답답함에 손톱을 깨무는 날이 많아졌다.

최근 하인들은 떼로 몰려가 벌목을 했다.

겨울에 쓸 장작을 구하기 위함이다.

하지만 벌목을 하게 되면 별채를 살필 여유가 전혀 없었다.

청월의 입장에선 시간을 허투루 버리고 있는 셈이다.

그는 나무를 베기 위함이 아니라 만천문의 진실을 밝히기 위해 잠입했으니까.

"잠시 휴식. 밥 먹으러 가자."

청강의 한마디에 하인들이 환호성을 질렀다.

겨울 작업 중 가장 힘든 것이 바로 벌목이었다.

추운 날씨에 도끼질을 하는 건 여간 고역이 아니었다. 그래서 일행 중 멀쩡한 건 청월뿐이다.

하인들은 삼삼오오 농을 하며 하산했다.

"저기 봐. 무슨 일이 난 모양인데?"

"무사들까지 다 모였어."

하인들이 우르르 현장으로 몰려갔다.

식당 근처에서는 한창 실랑이가 벌어지고 있었다.

다툼을 벌이고 있는 이는 다름 아닌 일화와 만천대의 부대장 정만대였다.

그들 주변으로는 만천대 인원과 하인들이 잔뜩 몰려 있었다.

"어떻게 된 거죠?"

청월이 앞에 있는 하인에게 물었다.

"정만대 놈이 일화를 희롱했다. 음식을 준비하는데 엉덩이를 만진 모양이야."

"저 새끼는 하여간 남자의 수치야. 여자만 보면 물건을 벌떡벌떡 세워가지곤."

청강이 혀를 찼다.

정만대는 만천문의 무사 중에서도 악질에 속했다. 특히 여자 하인들을 희롱하는 몹쓸 짓에 능했다.

그로 인해 상처를 입고 문파를 떠난 하인들도 제법 됐다.

"넌 이제 더러운 일을 할 필요 없어. 내 품에 안겨 있기만 하면 돼."

정만대의 얼굴에 시꺼먼 미소가 피어올랐다.

그는 일화의 몸을 훑으며 눈을 반짝였다.

눈빛으로 희롱이 가능하다면 그는 벌써 범죄자가 되었으리라.

그가 대놓고 일화를 농락하지만 그 누구도 나서는 이가 없었다.

무사들 대부분은 그의 수하였고, 그렇다고 하인들이 일화를 감쌀 수도 없었다.

"말도 안 되는 소리 마세요!"

일화가 딱 부러지게 말했다.

그녀는 매처럼 흉흉한 눈빛으로 그를 노려보았다.

남자들조차 벌벌 떠는 정만대에게 한 치도 지지 않는 것이다.

"저는 제 일을 할 테니 신경 꺼주세요."

"뭐? 신경을 끄라고? 이년이 미쳤나?"

정만대의 눈동자가 한순간에 뒤집혔다. 그는 성큼성큼 거리를 좁혔다. 그리고 다시금 일화의 엉덩이를 주무르기 시작했다.

"그만하라고 했잖아요!"

일화의 손이 불을 뿜었다.

그녀는 짝 소리가 날 정도로 세차게 정만대의 볼을 후려쳤다.

순간 싸늘한 정적이 주변을 압도했다. 일개 하녀가 만천대 부대장의 볼을 후려쳤다.

전혀 예상치 못한 일이 벌어진 것이다.

"저 바보가……."

청강이 얼굴을 구기며 한숨을 내쉬었다. 이제 어떤 일이 벌어질지는 누구도 장담할 수 없었다.

"이이이이이익!"

정만대의 얼굴이 빨갛게 부풀어 올랐다. 그는 맞은 것에 두 배를 얹어 일화의 볼을 후려쳤다.

일화는 그 힘을 이기지 못하고 바닥에 나동그라졌다.

"미친년! 넌 오늘 죽었다!"

정만대가 성큼성큼 거리를 좁혔다.

지금 그를 막을 수 있는 존재는 아무도 없었다. 수하들조차 그가 두려워 고개를 돌리는 판국이다.

'이런 거였나?'

청월은 일화를 보며 입술을 깨물었다.

그녀에게 죽음이 드리운 것은 다름 아닌 정만대 때문이었다.

그가 힘으로 그녀를 압도해 죽게 만드는 것이다. 그것이 아니라면 일화가 죽을 이유가 없었다.

그는 고민했다.

지금 그가 나서면 일화의 목숨을 구할 수는 있었다. 다만 그로 인해 포기해야 하는 것이 있음도 명백했다.

만천문의 적이 되어 쫓기는 신세가 되는 것은 둘째 치고 대혈전의 진실에서도 더욱더 멀어지게 될 것이다.

별채는커녕 본당에도 발을 디디지 못하게 될 테니 말이다.

고민하는 사이에도 일화의 죽음은 흉포하게 증가했다.

"제발 살려주십시오."

청월은 바람처럼 달려가 정만대를 막아섰다.

"넌 뭐하는 새끼야?"

"이 아이는 저와 혼약을 한 사이입니다. 부대장님께 무례하게 군 것도 그 때문입니다. 부디 바다와 같이 넓은 마음으로 이해해 주십시오."

청월은 넙죽 앉아서 정만대의 바짓가랑이를 잡았다.

혼약을 약속한 적은 없지만 일화를 살리기 위해선 명분이 필요했다.

그저 반항하여 뺨을 쳤다고 하면 바늘만큼의 빠져나갈 구멍도 없었다.

과연 진심이 통한 것일까.

정만대는 한 걸음 물러서서 청월과 일화를 내려다보았다.

하나 그것도 아주 잠시뿐이다.

그는 똥강아지를 차듯 청월의 면상을 후려 찼다. 청월은 이
에 맞고 바닥에 나동그라졌다.

"어쩌라고, 새끼야. 저년 다음은 너니까 기다려."

정만대가 바닥에 침을 뱉은 뒤 일화의 앞에 섰다.

그는 발을 들어 올린 뒤 그녀의 머리를 밟으려 했다. 공력
을 싣는다면 치명적인 일격이 될 수 있었다.

'저 쓰레기 같은 놈이.'

가슴속에 불길이 활활 치솟았다.

청월은 이를 억누르기 위해 참을 인 자를 열 번이나 새겼
다.

그리고 신법을 가미한하여 정만대를 향해 달려갔다.

"어쭈? 해보자고?"

정만대의 얼굴에 냉소가 어렸다.

그는 검을 뽑은 뒤 달려오는 청월에게 겨누었다.

모든 상황이 그를 향해 웃어주고 있었다.

저 하인 놈이 먼저 덤비는 것이니 죽여도 별문제 될 게 없
었다.

기강 확립이라는 명분을 대면 그만이었다.

"이놈!"

정만대의 검이 번쩍였다.

그는 간만에 자신의 절초인 이광검법을 펼쳤다. 강맹한 검격은 금세라도 청월의 몸을 두 토막 낼 것 같았다.

"아이고, 막내가 죽네."

"얘들아, 보지 마라."

몇몇 하인들이 푸념을 내뱉었다. 그들은 이미 청월의 죽음을 기정사실화하고 있었다.

'이젠 어쩔 수 없지.'

청월은 손으로 머리를 가리며 두려운 척했다. 그리고 비틀거리며 정만대에게 접근했다.

검로는 이미 파악했으니 눈을 감고도 회피가 가능했다.

휘이이이이익.

파공성과 함께 검이 날았다. 검은 정확히 청월이 서 있던 곳을 갈라냈다. 만약 피하지 못했다면 몸이 두 동강 났으리라.

"아이고, 난 죽었네."

청월은 정만대에게 안기듯 달려갔다.

최대한 두려움에 떠는 척을 하는 것이다. 그대로 몸을 부딪치자 정만대가 벌러덩 자빠졌다.

청월이 검을 피할 거라고는 예상하지 못했기에 벌어졌던 일이다.

정만대는 흰자를 보인 채로 일어나지 못했다. 한마디로 기절해 버린 것이다.

"……."

"……."

모두가 할 말을 잃었다.

정만대가 쓰러질 거라고 생각한 사람은 단 한 명도 없었다.

게다가 몸통 박치기 한 번에 이리도 허무하게 의식을 잃다니.

'그래도 다행이다.'

청월은 속으로 한숨을 내쉬었다.

생각보다 자연스럽게 정만대를 제압할 수 있었다. 이 정도라면 구경꾼 중 누구도 의심하지 못하리라. 처벌 수위도 예상보다 낮아지리라.

그는 쓰러진 일화를 부축했다.

그녀의 볼은 빨갛게 부풀어 올랐지만 죽음은 물러갔다. 청월이 나선 보람이 있었다.

"애들아, 부대장님을 챙겨라!"

"네."

넋 놓고 있던 무사 몇몇이 움직이기 시작했다. 그들은 정만대를 부축하여 전각으로 이동시켰다.

"운 좋은 줄 알아라. 처벌은 부대장님이……."

무사는 말을 다 잇지 못했다.

무리 중에서 한 명의 중년인이 모습을 드러냈던 것이다.

중년인은 만천문의 오 장로 중 한 명인 형상문이었다. 그의 등장으로 인해 주변의 분위기가 다시금 싸늘해졌다.

'이자는……'

청월은 아닌 척하며 형상문의 공력을 살폈다.

놀랍게도 몸 주변에서 아무런 진기도 느껴지지 않았다.

청월과 같은 반박귀진일 확률이 높았다. 이제는 그도 더욱 긴장하지 않으면 안 됐다.

"넌 무공을 익힌 것 같은데?"

형상문이 싸늘한 눈빛으로 청월을 응시했다.

그의 눈빛은 마치 먹이를 궁지에 몬 독수리와 같았다. 청월은 무언가 잘못 돌아가고 있음을 느꼈다.

"장로님, 그럴 리가 없습니다."

"몸이 탄탄하기는 하지만 절대로 무림인은 아닙니다. 웅철아; 뭐라고 한마디 해야지."

하인 몇몇이 청월을 거들다가 입을 다물었다.

형상문의 시선에 완벽하게 제압당한 것이다. 그는 단번에 좌중을 자신에게 집중시켰다.

"제가 무림인이라니… 그럴 리가 있겠습니까?"

청월이 더듬더듬 답했다.

사냥꾼에게는 조금이라도 추적할 여지를 주어선 안 된다. 게다가 여기서 정체가 드러난다면 모든 것이 끝이다.

"확실한가?"

"천지신명께 맹세코 무공에 무자도 배운 적이 없습니다. 다만……"

청월은 잠시 뜸을 들인 뒤 말을 이었다.

"무공을 배우고 싶어서 무사님들에 수련 모습을 훔쳐본 적은 있습니다. 그 죄라면 달게 받겠습니다."

"그럴 리가 없을 텐데……"

형상문이 수염을 쓰다듬으며 낮게 말했다.

청월을 향한 그의 시선은 상당히 못 마땅했다.

그가 느끼기에 청월은 처음부터 정만대의 검로를 알고 있었다.

정만대가 하류라고는 하나 하인이 피할 정도로 검술이 녹록치는 않았다.

그뿐만이 아니었다.

청월은 검로를 피한 뒤에 그대로 형상문을 받았다.

두려울 땐 앞으로 나가기보다 뒷걸음을 치는 게 우선인데 말이다.

"……."

형상문은 오래도록 청월을 응시했다.

한 번 의심이 들면 반드시 풀어야 하는 게 그의 성정이었다.

"진짜인지 아닌지는 확인해 보면 알겠지."

형상문의 얼굴에 야릇한 미소가 피어올랐다. 그는 먹이를 포획하는 사냥꾼처럼 거리를 좁혔다.

이십 보, 십오 보, 십 보…….

거리가 줄어들수록 입안이 바짝 말랐다. 등줄기에는 얼음처럼 차가운 오한이 흘렀다.

상대가 무슨 짓을 할지 모르니 두려움은 커져만 갔다.

휘이이이이익.

지근거리에 접근한 형상문이 기어코 사달을 벌였다.

그는 장법을 청월에게 내뿜었다.

얼핏 보면 평범한 장이었지만 그 속에는 엄청난 공력이 담겨 있었다.

'이대라로라면…….'

청월이 미간을 찌푸렸다.

장법을 순순히 맞기도, 피하기도 애매한 상황이었다.

장법에 맞는다면 큰 부상을 입거나 병신이 될 수도 있었다.

그의 무공은 그만큼 강맹했으니까 말이다.

하나 이를 피한다면 임무는 완전히 실패다.

만천문의 일파와 척을 지고 생사대전을 펼쳐야 했다.

그러면 잠입해서 정보는 캐는 일은 영영 불가능해지리라.

고민하는 중에도 장법은 매섭게 가슴팍을 향했다.

'이젠 어쩔 수 없지.'

결국 그는 입술을 꽉 깨물고 운명을 받아들였다.

퍼어어어어어억!

손바닥이 맹렬한 기세로 청월을 가격했다. 청월은 그대로 의식을 잃었다.

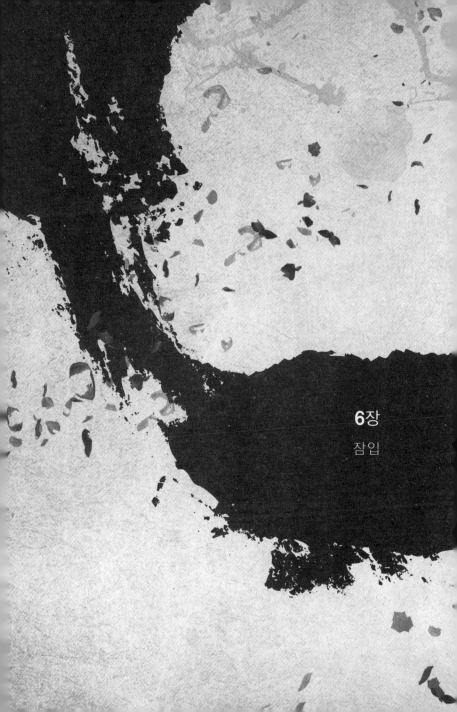

6장

잠입

방바닥이 후끈후끈했다.

등판은 익어버릴 것처럼 뜨거웠고 이마에서는 끈적끈적한 땀이 흘렀다.

청월은 신음을 뱉으며 눈을 떴다.

"여… 기는?"

그는 처음 보는 곳에 누워 있었다.

남쪽으로 난 창에서는 환한 빛이 새어 나왔으며 벽 한쪽에는 고급스런 원목 장이 놓여 있다. 아무래도 하인들의 거처는 아닌 듯싶었다.

멍하니 있던 그는 곧 상처를 살폈다.

장에 맞은 피부는 까맣게 죽었으며 이를 건드리자 통증이 파도처럼 밀려왔다.

"후우, 그래도 다행이지. 이 정도로 끝나서."

청월은 안도의 한숨을 내쉬었다.

장법이 날카롭게 접근하던 순간 그는 호신강기를 거뒀다. 그리고 장법을 맨몸으로 받아냈다.

사령안으로 자신의 죽음을 항상 확인했다. 물론 잠입한 이후에 죽음이 드리운 적은 없었다.

'죽지는 않을 테니 한번 맞아보자.'

그런 각오로 반격하지 않았다.

다행히 형상문은 최후의 순간 심장이 아닌 어깨를 후려쳤다. 사령안의 정보가 확실히 들어맞은 것이다.

"휴우, 당분간은 힘들겠어."

청월은 어깨를 돌리며 인상을 썼다.

양쪽 팔의 균형이 맞지 않으면 쌍검술을 사용할 수 없었다. 당분간은 강적과 맞서지 않는 것이 좋았다.

몸을 살피는데 드르륵 문이 열렸다.

모습을 드러낸 것은 일화였다.

"웅철아, 정신이 들어?"

그녀는 식사가 담긴 쟁반을 곁에 두고 후다닥 달려왔다. 말투와 행동을 보니 어지간히 걱정했던 모양이다.

"멀쩡해."

"정말? 얼마나 걱정했는데."

일화가 품에 안겨 서러운 눈물을 흘렸다.

그녀의 말에 따르면 청월은 무려 칠 일간 의식을 잃었다고 한다.

또한 그사이 다녀간 의원도 상태를 절망적으로 점쳤다.

"혈이 망가져서 폐인이 될 수도 있습니다."

하나 청월은 그런 우려를 깨고 멀쩡히 깨어났다. 그간 가슴을 졸였던 일화는 울지 않을 수 없었다.

"그랬구나."

청월은 고개를 끄덕였다.

그를 구한 것은 아마도 할머니가 남겨준 천도지체 때문이리라.

곽서화가 자신과 함께 있다는 생각을 하니 왠지 가슴이 따뜻했다.

"그나저나 여기는… 어디지?"

"별채야."

"별채라면 혹시……?"

청월은 화들짝 놀라 되물었다.

별채라면 청월이 그토록 가고 싶어 했던 곳이 아닌가. 별채는 문주와 장로들이 살고 있는 특별한 공간이다.

"바보야, 만천문에 별채는 한 군데밖에 없잖아. 새삼스럽게."

"근데 내가 왜 별채에 있지?"

"네게 무공을 쓴 형 장로님의 명령이야."

일화가 말을 이었다.

그는 청월을 살핀 뒤 별채로 옮길 것을 명령했다.

상태가 위중한 것을 알아본 것이다.

또한 차후 만천대와 시비가 붙을 것도 고려해 별채로 보냈다고 한다.

'아직 정파의 가면을 썼으니 함부로 대할 수는 없겠지.'

청월이 작게 고개를 끄덕였다.

형상문의 존재는 확실히 이질적이었다.

반박귀진에 달한 고수가 어째서 만천문 같은 곳에서 썩고 있을까.

의심을 하지 않으려야 않을 수 없었다.

'어쨌든 잘됐어. 활동하기는 편해졌다.'

저절로 미소가 피어올랐다.

별채에 잠입해야 할 수고를 던 셈이다. 지금부터는 본격적으로 만천문의 비밀을 캐내야 했다.

"뭐가 좋아서 실실 쪼개?"

"별거 아니야. 그보다 배가 고픈데."

"아참, 내 정신 좀 봐."

일화가 서둘러 쟁반을 앞에 놓았다.

차려진 음식은 화려했는데 보통 하인들이 먹기 힘든 것들이었다.

기름과 고기가 둥둥 뜬 고깃국부터 전과 버섯 요리까지 무척이나 푸짐했다.

"같이 먹자."

"나도?"

"혼자서는 다 못 먹을 것 같아."

눈치를 보던 일화도 곧 청월과 함께 식사를 했다.

두 사람은 반각 만에 뚝딱 그릇을 모두 비웠다.

그리고 일화는 쟁반을 치운 뒤 다시 방으로 돌아왔다. 그녀는 청월의 곁에 앉아 수줍게 운을 뗐다.

"고마워. 네가 나서지 않았으면 난 죽었을 거야."

"해야 할 일을 했을 뿐인데, 뭐."

"너도 알잖아. 정작 해야 할 일을 하는 사람은 그리 많지 않다는걸."

일화의 표정이 다소 어두워졌다.

사람들이 법도와 천도를 잘 따른다면 어째서 세상이 이렇게 혼탁하고 어지러울까.

어색한 침묵이 이어지는 가운데 일화가 가까이 다가왔다. 그녀의 볼은 어느새 사과처럼 붉게 물들어 있었다.

"고마워."

일화가 볼에 입을 맞춘 뒤 후다닥 달아났다.

청월은 그런 그녀를 보며 피식 웃고 말았다. 그녀에게 이렇게 귀여운 면이 있는 줄은 몰랐다.

청월은 한동안 멍하니 천장을 응시했다.

'그러고 보니 그 사람은 대체 뭘까?'

문득 청연화가 떠올랐다.

그녀는 만천문에서 가장 수상한 인물이었다.

장로들과 문주는 가끔 바깥에 얼굴이라도 비춘다. 그러나 그녀는 오로지 별채와 그 근처에만 머물렀다.

마치 감금이라도 된 것처럼 말이다.

기회가 된다면 반드시 접촉해 봐야 할 필요가 있다.

"자, 시작해 보자."

청월은 분위기를 전환할 겸 방을 나왔다.

햇살은 반가웠으며 바깥의 공기는 짜릿했다.

그간 의식을 잃어서 그런지 모든 정경이 반갑게 느껴졌다. 그는 지리를 살필 겸 주변을 걷기 시작했다.

별채는 크게 두 군데로 나뉘어 있었다.

청월이 있는 곳 동쪽 편으로 창고와 하인들의 숙소, 부뚜막

등이 있었다.

서쪽에는 문주와 장로들을 위한 공간으로 다섯 개의 가옥과 정원, 연못 등이 있었다.

'아무래도 저쪽으로 가야겠어.'

청월의 시선이 별채 서쪽을 향했다. 하인들이 있는 곳에서는 별다른 정보를 얻을 수 없었다.

심장부를 향하지 않으면 증거를 확보할 수 없었다.

청월은 기감을 넓히며 담장으로 향했다.

주변은 쥐새끼 한 마리 없는 듯 고요했으며 특별히 느껴지는 인기척도 없었다.

휘리리리릭.

단번에 담을 넘은 뒤 장독 뒤로 몸을 숨겼다.

"누구냐?"

까랑까랑한 목소리와 함께 무사 몇몇이 나타났다.

그들은 무기까지 빼 든 채로 주변을 경계했다. 착지할 때의 진동을 포착한 모양이다.

'이런……'

절로 미간이 찌푸려졌다.

조심한다고는 했는데 기척을 완전히 죽이지는 못했다. 아직 상처의 후유증이 남았던 것이다.

"……."

무사들이 바짝 붙어서 주변을 살폈다. 지금의 동선을 생각하면 발각당하는 것은 시간문제였다.

'무슨 수를 쓰지 않으면.'

짧은 시간이지만 머리가 고속으로 회전했다.

간신히 별채까지 왔는데 모든 걸 수포로 돌릴 수는 없었다. 이번 작전에는 중원의 미래가 달려 있었다.

"야아아아아아아옹."

어디선가 고양이 울음이 터졌다.

동시에 무언가가 휘익 하고 별채 남쪽을 향했다. 워낙 쏜살같이 지나가는 바람에 무사들은 그것의 정체를 파악하지 못했다.

"고양이인가?"

"그래, 아가씨에게 밥을 얻어먹는 그 녀석인가 보다."

무사들은 그제야 검을 거두고 자리를 떠났다.

청월은 그들이 사라지는 것을 보고 가슴을 쓸어내렸다.

그는 고양이 울음소리를 냄과 동시에 돌멩이 하나를 먼 곳으로 던졌다.

본래 가옥에는 도둑고양이가 자주 드나드니 이로 위장한 것이다.

그는 좀 더 조심하며 별채를 돌기 시작했다.

그가 필요한 곳은 만천문이 숨기고 있을 증거를 찾는 것이다.

그들은 분명 천하맹과 흑룡회를 습격한 장본인이다. 설립 시기와 장소 등은 결코 우연으로 볼 수 없었다.

'다시 가보자.'

청월은 서둘러 별채를 돌았다.

경계를 서고 있는 무사들을 제외하면 별채는 완벽하게 비었다.

기감도 느껴지지 않았고 무엇보다 바깥에 놓인 신발도 없었다.

'찾아내야 해. 반드시.'

그는 최대한 흔적을 남기지 않고 방들을 살폈다.

장로들의 거처라 화려할 것이라 생각했지만 방은 의외로 소박했다.

방 한쪽에 놓인 장을 제외하면 이렇다 할 가구도 없었다.

덕분에 청월은 의외로 방을 빠르게 뒤질 수 있었다.

'젠장. 성과가 없어.'

청월의 얼굴에 그늘이 드리워졌다.

반 시진 가까이 탐색했건만 단서의 실오라기조차 찾지 못했다.

천장과 바닥, 벽면을 모두 훑었지만 수상한 점은 전혀 없었다.

허탕을 친 청월은 마지막으로 문주의 방을 찾았다.

만천문의 문주 한채문은 옥면검이라는 별호를 가졌는데 중원에서 딱히 두각을 드러낸 적은 없었다.

여러모로 수수께끼 같은 인물이었다.

'차근차근 살피자.'

청월은 볼을 두드리며 정신을 일깨웠다.

문주의 방은 그래도 장로들의 방보다는 화려했다. 벽에는 몇 점의 수묵화가 걸려 있고 제기함이나 그 밖의 장신구도 눈에 띄었다.

청월은 전보다 세세하게 방을 살펴나갔다.

그사이 시간은 야속하게 흘러갔고, 반 시진이 훌쩍 지나갔다.

다섯 장로의 방을 뒤지는 데 사용한 시간을 문주의 방에 소모한 것이다.

'큰일 났다.'

시선이 문득 창가로 향했다.

멀리서 젊은 청년 하나가 접근해 오고 있었다.

문주나 장로로 보기에는 무리가 있었지만 분명 이쪽을 향해 오고 있었다. 아쉽지만 수색은 이것으로 마쳐야 할 듯했다.

방을 빠져나온 청월.

"……."

그의 시선이 한곳에 고정되었다.

시선을 잡아끈 것은 다름 아닌 섬돌이었다.

처음엔 몰랐지만 섬돌은 크기가 무척이나 컸다. 적어도 열댓 명의 신발을 올려놓아도 될 것 같았다.

청월은 섬돌을 들어 올리다가 얼굴을 찌푸렸다.

돌이 크다고는 해도 지나치게 무거웠다. 마치 그 안에 무언가가 있는 것처럼.

그는 공력을 끌어올려 섬돌을 치웠다.

"이, 이건가?"

입이 쩌억 벌어졌다.

섬돌을 치우니 새까만 나락의 세계가 펼쳐졌다.

청월은 그 안으로 모래 부스러기를 뿌리고 귀를 쫑긋 세웠다. 소리가 들리기까지는 제법 시간이 걸렸다.

이 정도면 작은 굴 수준이라고 봐도 무방했다.

'그러면 그렇지. 너희도 이제는 끝장이다.'

청월은 섬돌을 원위치로 두고 서둘러 숙소로 복귀했다.

중원의 혈풍을 막는 일, 어쩌면 가능할지도 모르겠다.

*　　　*　　　*

새벽이 밝았다.

청월은 일찍부터 운기행공에 들어갔다.

들숨과 날숨에 따라 요동치는 진기의 흐름. 이것에 집중하니 어느새 무아지경에 빠졌다.

한참 후, 아침 햇살이 바늘처럼 눈을 찔러왔다.

그는 그제야 가부좌를 풀고 목을 꺾었다.

드디어 결전의 날이 다가왔다.

어제 발견한 통로를 통해 만천문의 실체를 밝히고 말 것이다.

천하맹주와 약속한 시간도 이제는 고작 사 일 남았다. 하루라도 빨리 증거를 찾아 복귀해야 했다.

몸을 푼 후에는 벽에 걸린 거울을 바라봤다.

"……"

딱히 할 말이 없었다.

그의 몸에는 이미 기생충 같은 죽음이 가득했다.

생의 공간은 손바닥 한 뼘 정도였으며 나머지는 모두 새까만 죽음뿐이다.

"이젠 적응할 때도 됐잖아?"

청월은 볼을 두드리며 기운을 북돋았다.

아쉽게도 죽음을 너무 늦게 발견했다.

형상문의 장법을 맞고 일주일을 기절했고, 거기다가 어제는 바쁜 일이 겹치면서 죽음을 살피지 못했다.

이 끔찍한 사실을 깨달은 건 아쉽게도 어제저녁이었다.

하나 청월은 이를 좋은 쪽으로 해석하려 했다.

"나를 죽인다……. 만천문이 확실히 정상적인 곳이 아니라는 거지."

그는 그렇게 마음을 고쳐먹었다.

명성도 없는 중소 방파에서 청월을 죽일 고수가 있을 리 없었다.

그는 천도지체를 가졌으며 쌍검술 역시 상당한 경지에 올라 있다.

웬만한 고수가 떼로 몰려오지 않는 한 그를 죽이는 건 불가능했다.

"무기가 없는 게 조금 걸리기는 하네."

청월은 빈 허리춤을 보며 씁쓸한 미소를 지었다.

애검인 선풍검은 천하맹에 있었다.

그렇다고 이곳 무사들의 검을 빼앗자니 의심을 살 것 같았다.

우선은 이 상태로 굴에 들어갈 생각이다.

생각에 잠긴 사이 드르륵 문이 열렸다.

모습을 드러낸 것은 뾰로통한 표정의 일화였다.

"빨리 밥 먹어."

말투에도 차가움이 뚝뚝 떨어졌다. 아직 어제의 일 때문에 덜 풀린 것 같았다.

"어제 못 물어본 게 있는데, 네게 못된 짓을 한 부대장은 어떻게 됐어?"

"차아암 일찍도 물어보시네요."

일화가 비꼬면서 말을 이었다.

"파문당했어. 앞으로 다시는 만천문에 오지 못할 거야."

"그거 다행이네."

청월은 안도의 숨을 내쉬었다.

그는 필요한 정보를 얻은 뒤 바로 문파를 떠날 것이다. 남은 그녀에게 별다른 위협이 없으니 안심이 됐다.

어찌 됐거나 이곳에서의 만남도 인연이니까.

"난 일화의 당찬 모습이 좋아. 지금처럼 항상 잘 웃고 씩씩했으면 좋겠어."

"가, 갑자기 무슨 소리야?"

일화가 얼굴을 붉히며 시선을 돌렸다. 뜬금없는 소리에 그저 열만 달아올랐다.

"고맙다. 네가 아니었으면 여기 오지 못했을 수도 있어."

"이상한 소리 마. 난 갈게."

일화는 식사를 두고 후다닥 자리를 피했다.

그런 그녀를 보며 청월은 피식 웃었다. 이젠 여자들의 속내를 조금은 알 것 같았다.

부끄러워하는 것과 싫어하는 것 사이의 경계가 보인다고 할까.

식사를 마친 후 곧장 별채를 나왔다.

문주와 장로가 자리를 비우는 시간은 보통 사시부터 오시 사이라고 했다.

그때까지는 조용히 마음을 비우고 있을 생각이었다.

터벅터벅.

걷다 보니 어느새 호숫가에 도달했다.

호수는 어느 때와 같이 맑았으며 푸른 하늘과 산줄기를 그대로 담았다.

잔잔한 물결은 하류로 흘러들었으며 오리 떼 한 무리가 유유히 헤엄쳐 다니고 있다.

'살아남겠어. 반드시.'

청월은 각오를 다졌다.

죽음이 드리웠다고는 하지만 순순히 져줄 생각은 없었다.

할머니가 죽고 많은 사람이 슬퍼했던 것처럼, 그가 죽으면 주변 사람들에게도 슬픔이 퍼진다. 그들의 눈물을 생각하면 아찔하기만 하다.

호수를 보며 마음을 달래는데 뒤쪽에서 인기척이 느껴졌다.

모습을 드러낸 것은 한 청년인데 날카로운 턱과 짙은 눈썹이 인상적이다.

"안녕하십니까?"

청월은 고개를 숙여 인사했다. 말쑥한 외모와 복장을 보면 도저히 하인으로 생각할 수 없었다.

청년은 말없이 손을 드는 것으로 대답했다.

"……."

그는 곁에 선 뒤 한참 동안 청월을 응시했다.

시선이 워낙 노골적이었기에 온몸이 관통당하는 느낌이 들었다.

"못 보던 얼굴인데, 이번에 장법을 맞았다는 하인인가?"

"네, 그렇습니다."

"몸은 좀 어때?"

"지금은 많이 좋아졌습니다."

청월의 대답에 청년이 고개를 갸웃했다.

"그래? 그럼 대체 뭐가 문제인지 모르겠군."

청년은 턱을 쓸어내린 뒤 다시 호수에 시선을 주었다.

자기 할 말만 하는 것을 보니 성격이 꽤나 특이한 것 같았다.

청월은 불편함을 느끼고 자리를 피하려 했다.

"어르신, 저는 먼저 가보겠습니다."

"잠깐만."

청년이 그를 불러 세웠다.

"오늘은 허튼짓거리 하지 말고 방에 박혀 있어. 안 그러면……."

청년이 뜸을 들인 뒤 말을 이었다.

"너 오늘 죽을지도 모른다."

할 말을 다 했다는 표정이다.

그는 심드렁한 표정으로 다시 호수를 응시했다. 그의 말에 청월은 찌르르 전기가 옴을 느꼈다.

지금과 비슷한 상황을 언젠가 겪었던 것 같다.

그때는 아마 청월이 저런 말을 하지 않았나 싶다.

'아니야. 아니겠지.'

청월은 고개를 저으며 자신의 생각을 부정했다.

설마하니 그런 일이 벌어진다는 것은 있을 수 없었다.

그는 걸음을 재촉하며 별채로 복귀했다.

호수에서 보낸 시간이 제법 되었으니 본격적인 업무를 볼 차례였다.

청월은 기감을 살핀 뒤 휘리릭 담을 넘었다.

비밀 장소를 아는 만큼 길을 헤맬 필요도, 망설일 필요도 없었다.

그의 걸음은 자신의 안방을 걷는 것처럼 거침이 없었다.

'아무도 없어. 지금이야.'

주변을 살핀 뒤 단숨에 문주의 방 앞으로 향했다. 그리고 공력을 끌어올려 섬돌을 들었다.

섬돌 밑의 굴은 어제처럼 새까만 아가리를 벌리고 있었다.

이곳에 무림의 혈풍을 잠재울 보물이 숨어 있으리라.

청월은 굴 아래로 떨어지면서 격공섭물의 수법으로 돌을 움직였다.

쿠우우우웅.

섬돌이 제 위치를 찾으면서 바늘만 한 빛이 안으로 스며들었다.

'일단 들어오기는 했는데……'

청월은 얼굴을 찌푸리며 주변을 살폈다.

굴의 천장은 머리에 닿을 듯 말 듯했으며 가로 폭은 양팔을 다 펼치지 못할 정도로 좁았다. 또한 빛이 없으니 바깥보다 더 춥게 느껴졌다.

'눈으로는 아무것도 할 수 없으니 어쩔 수 없지.'

청월은 눈을 감은 뒤 바람의 길을 좇았다.

미세하지만 한 줄기의 바람이 계속해서 불어왔다.

바람의 근원지는 서쪽 편이었다.

청월은 이에 반대되는 방향으로 걷기 시작했다. 바람을 따라가면 바깥으로 이어질 확률이 높았다.

굴은 생각보다 길었으며 구불구불했다.

바닥에 깔린 돌 때문에 넘어질 뻔하기도 했다.

얼마나 시간이 지났을까.

짙은 어둠과 좁은 통로에선 시간 개념을 챙길 수가 없었다.

한참을 걷던 그의 발등에 무언가가 톡 걸렸다.

'이런.'

청월은 본능적으로 무언가가 잘못되었음을 느꼈고, 그 예감은 정확히 현실에 반영되었다.

쉬이이이이익.

바람 갈라지는 소리와 함께 쇠창살이 뿜어졌다.

창살은 천장과 양 옆면에서 뿜어졌는데, 이대로라면 온몸이 꼬치가 돼버릴 수도 있었다.

'방법이 없다.'

청월은 뇌려타곤의 수법으로 넙죽 바닥에 엎드렸다.

엎드림과 동시에 쇠창살이 그가 섰던 곳을 벌집으로 만들어 버렸다.

조금이라도 늦었다면 목숨을 장담할 수 없었다.

그는 식은땀을 훔치며 창살 틈을 벗어났다.

기관의 위험을 알아차린 후에는 전진하는 데 더욱 신중을 기했다.

몇 번의 창살과 암기들을 피한 뒤 청월은 불빛이 뿜어지는 한곳을 발견했다.

'도착했구나.'

벅차오르는 가슴을 간신히 눌렀다.

하지만 아직은 결과를 속단할 수 없었다. 증거를 확보하고 맹에 도착하지 전까지는 아무것도 모르는 것이다.

기척을 완벽하게 죽이고 안쪽으로 향했다.

다행히 굴 안쪽에는 아무도 없었다.

벽에는 커다란 횃불이 활활 타오르며 안의 광경을 비췄다.

굴은 장로들의 집무실만 했으며 각종 서책을 비롯해 다양한 가구들이 놓여 있었다.

어찌 보면 이곳은 문주의 방보다도 훨씬 화려하고 세련된 모습이다.

'자, 그럼 보물을 찾아볼까?'

목을 꺾은 뒤 본격적으로 주변을 뒤졌다.

청월은 우선 서책을 일일이 살폈다. 책 틈 사이에 감춘 것이 있는가 살폈으며 그 후로는 시계 방향으로 물건들을 살폈다.

수색은 무려 한 시진 가까이 이뤄졌다.

청월은 진땀을 빼면서도 결국 필요한 물건 세 가지를 확보했다.

얼굴에는 어느새 보름달처럼 환한 미소가 걸렸다.

"이것만 해도 모든 게 끝이지."

청월은 품에서 작은 인장을 꺼냈다.

인장의 중심부에는 령(靈) 자가 쓰여 있고 그 옆으로는 작은 글씨로 혈천마라 세 글자가 새겨져 있다.

그 인장은 다름 아닌 마령교의 인장이었다.

마령교.

그들은 과거 중원을 호령했던 최강의 흑도 무리였다.

그들은 패도적이고 잔인한 무공으로 악명이 자자했다. 더욱 무서운 점은 그들이 강시나 수라마인 같은 사술에도 뛰어난 능력을 보였다는 점이다.

흑룡회의 연합이 만들어지기까지 그들은 단연 사파 무리의 으뜸이었다.

'이들은 흑룡회에 흡수되지 않은 모양이군.'

청월은 작게 고개를 끄덕였다.

마령교의 존재를 깨닫게 되니 자연스레 청성파의 일까지이해가 되었다.

마령교의 전략은 아마 이런 것이리라.

남몰래 세력을 키우고 흑룡회와 천하맹을 이간질한다.

그리고 양쪽의 세력이 약해지는 틈을 타 중원을 모두 차지하려는 계획 말이다.

청월이 추가로 챙긴 것은 두 가지였다.

하나는 청성파 혼약식의 참석자들 명단이었으며 다른 하나는 손바닥 크기의 작은 민담집이었다.

'이건 그냥 놔둘까?'

청월은 민담집을 두고 잠시 갈등했다. 사실 이번 임무와는 하등 상관이 없는 민담집이다.

그럼에도 청월은 이것에 집착을 버릴 수가 없었다.

책을 훑어보던 중 익숙한 단어를 발견했기 때문이다.

책의 마지막 부분에는 다름 아닌 사령공자 편이 수록되어 있었다.

놀라운 것은 그도 청월과 같이 죽음을 보는 능력을 가졌다는 것이다.

'일단 가져가자.'

청월은 필요한 것을 모두 챙기고 길을 되돌아갔다. 한 번 거쳐 갔던 곳이기에 속도가 자연스레 붙었다.

한참을 지난 뒤 그는 본래의 위치에 도달했다.

섬돌을 완전히 닫지 않았기에 새어드는 빛으로 처음 장소를 확인할 수 있었다.

휘이이익.

도약을 하며 섬돌을 쳐 냈다. 그러자 돌이 기우뚱하며 옆으로 넘어갔다.

동시에 강렬한 빛이 콕콕 눈을 찔러왔다.

'드디어 해냈어.'

무사히 탈출했다는 생각에 가슴이 뿌듯했다.

이제 만천문, 아니, 마령교만 벗어난다면 중원의 혈풍을 막을 수 있었다.

천하맹주와의 약속도 지키고 비극도 피할 수 있다.

그런데 바로 그 순간이었다.

어디선가 음침한 기운을 뿜어내는 중년인들이 나타났다. 그들은 총 네 명이었으며 장포를 휘날리며 걸어왔다.

"……."

청월은 피가 날 정도로 입술을 꼭 깨물었다.

몸에 드리운 죽음은 기관진식 때문에 생긴 것이 아닌 듯했다.

청월의 저승사자는 바로 눈앞에 있는 중년인들이었다.

그는 몰랐지만 중년인들의 면면은 화려하기 짝이 없었다. 이들은 모두 마령교의 십대고수로 십귀존(十貴尊)이라 불렸다.

중앙에 선 이는 청월에게 장법을 날렸던 형상문이다.

그 양옆으로는 거령도 대만운과 수라검 용해가 있고, 조금 떨어진 곳에 귀혈자 마제필이 위치했다.

그들만으로도 웬만한 방파는 종잇장처럼 무너졌다.

"낌새가 이상하다고 생각은 했지."

형상문이 냉소를 지으며 말을 이었다. 그가 뿜어내는 공력은 금방이라도 청월을 집어삼킬 듯했다.

"내 장법을 맞고 그리 금세 기운을 차릴 줄이야."

"쯧쯧. 이제야 아는 척하기는. 교주님이 아니었으면 이놈을 잡기나 했겠어?

용해가 삐딱한 시선으로 형상문을 응시했다.

사실 그들이 청월을 찾은 것은 교주 때문이었다.

무슨 일인지는 몰라도 교주가 하인을 잘 감시하라는 명령을 내렸기 때문이다.

"……"

청월은 아무 말도 하지 않았다. 아니, 아무 말도 할 수 없었다.

지금 이 상황을 과연 어떻게 극복해야 할까.

무기도 없는데다가 상대는 조화경에 이른 고수 사 인(四人)이다.

아무리 생각해도 이들을 물리칠 방법이 떠오르지 않았다.

이번만큼은 어쩔 수 없이 죽는 것인가.

'화룡천과 싸웠을 때는 제갈선의 도움을 받았지만 지금은 그것도 불가능해.'

혼자라는 생각에 가슴이 더욱 캄캄해졌다.

지금 생각하니 동료와 함께 오는 편이 좋았을 거란 생각도

들었다.

"갖고 있는 것을 내놔라. 그러면 편안하게 보내주겠다."

형상문이 한마디 했다.

굴에 들어갔다면 분명 만천문, 아니, 마령교의 비밀을 알았을 것이다.

이를 알고 있는 존재를 살려둘 수는 없었다.

"미친놈, 지랄하고 자빠졌네."

용해가 다시 한 번 걸쭉한 욕을 토해냈다.

"누구 마음대로 편안하게 죽여? 네놈의 심장을 이 손으로 주물러주마."

용해는 광기 어린 미소를 지으며 오른손을 쥐었다 폈다 했다.

마치 청월의 심장을 실제로 쥐고 있는 것처럼 말이다. 지켜보던 청월은 소름이 돋았다.

"가자."

용해가 신법을 밟으며 앞장서고, 그 뒤를 거령도가 따랐다.

드디어 마령교의 고수들과 붙게 된 것이다. 청월은 그들을 보며 서서히 공력을 끌어올렸다.

생사혈전의 막이 올랐다.

7장

진인사 대천명

만천당의 별채에서 치열한 싸움이 펼쳐졌다.

오 인의 고수는 덩굴처럼 엉킨 채 초식을 주고받았다.

공세를 펼친 건 단연 마령교의 귀존들이었다. 그들은 사방 진을 펼쳐 청월을 압박했다.

휘이이이익!

공력이 실린 장법과 검기가 양쪽 옆구리를 노렸다.

앞뒤에서도 도와 검이 뿌려져 청월은 옴짝달싹할 수 없었다.

'무슨 수를 내지 않으면.'

철근 같은 압박감이 가슴을 짓눌렀다.

무기도 없는 터라 공격과 방어 모두 불가능했다. 지금 그가 할 수 있는 건 오직 회피뿐이었다.

"일진청풍."

신법과 함께 환영들이 촤르르륵 병풍처럼 펼쳐졌다.

청월은 신묘한 발놀림으로 기어이 틈을 만들어내었다. 하지만 그것도 아주 잠시뿐.

장로들은 금세 다시 사방진으로 청월을 감쌌다. 이대로라면 지옥은 언제고 반복될 것이다.

"다람쥐 같은 놈이군."

"설마 신법만 믿고 잠입한 건가? 어디 소속인지는 몰라도 아주 웃기는 놈이야."

장로들이 한마디씩 했다.

말은 그렇게 하지만 그들도 청월을 처음처럼 얕보진 않았다.

새파랗게 어린 녀석이 그들의 합진을 반각 가까이 버텨낸 것이다.

그것만으로도 청월을 무시할 수 없는 이유는 충분했다.

"그만 죽어라."

처음과 같이 용해가 달려들었다.

그의 검에는 어느새 아지랑이 같은 붉은 기운이 일렁거리고 있다.

지금의 용해를 만들어준 혈강검법을 펼친 것이다.

여태껏 탐색전을 펼쳤다면 지금부터는 본격적인 힘을 보여줄 생각인 것이다.

용해의 뜻을 읽었는지 다른 장로들 역시 강맹한 공력을 분출했다.

이로 인해 지면이 요동치고 잔돌들이 타다닥 튀어 올랐다.

'갈수록 태산이다.'

청월은 쏟아지는 초식들을 간신히 피해냈다.

이제는 그도 감춰두었던 무기를 사용하지 않으면 안 됐다. 그는 신법을 밟으며 반격의 순간을 기다렸다.

"일진광풍."

청월의 몸이 화살처럼 쏘아졌다.

그는 측면에서 쏟아지는 두 장로의 초식을 무시하고 질주했다.

하나 그 순간이었다. 호시탐탐 기회를 보던 용해와 마제필이 앞을 가로막았다.

청월을 향한 시선에는 얼음처럼 차가운 미소가 걸려 있다.

그동안은 다람쥐처럼 잘 피했다지만 이제는 그것도 끝이었다.

지금의 형세는 꼭 이와 같았다.

사자가 아가리를 벌리고 있으면 토끼가 거기에 뛰어드는 것 같은 상황 말이다.

쾌속의 신법을 밟은 청월이다. 지금에 와선 방향 전환도 할 수 없었다.

"여기서 끝이다."

마제필이 힘껏 주먹을 뻗었다.

그의 주먹에서 시꺼먼 기운이 뿜어졌는데, 그가 자랑하는 묵성파천권을 펼친 것이다.

마제필의 권은 당장에라도 몸을 산산조각 낼 것 같았다.

'순순히 당할 순 없지.'

청월은 입술을 꽉 깨물고 양팔로 십자를 그렸다.

뿐만 아니라 천도지체의 힘으로 호신강기의 벽을 더욱 두껍게 했다.

쿠우우우웅!

공격과 방어, 공력과 공력이 충돌하면서 주변에 광풍이 불었다.

"꼴좋군."

마제필은 청월을 보며 득의양양한 미소를 지었다.

그랬다.

이번 승자는 바로 마제필이었다.

그의 권은 청월의 호신강기와 방어를 어렵지 않게 부수었다.

이를 견디지 못한 청월은 무려 오 장 가까이 날려가 담에 부딪쳤다.

담이 무너지면서 흙먼지가 주변으로 피어올랐다.

"크크큭. 약속대로 네놈의 심장을 받아가겠다."

용해가 미소를 지으며 거리를 좁혔다.

타인의 심장을 취하는 것은 그의 몇 안 되는 유희였다.

탐스러운 분홍빛 심장.

아직 생으로 약동하는 벅찬 움직임.

게다가 마지막으로 심장을 터뜨릴 때는 핏줄기가 폭죽처럼 번진다.

이 모든 걸 자신의 손으로 맛본다는 건 축복이었다.

이십 보, 십오 보, 십 보…….

거리가 점차 좁혀졌다. 접근해 오는 용해는 그야말로 저승사자 그 자체였다.

"잘 가라."

용해가 청월을 향해 손을 뻗었다.

그런데 바로 그 순간 놀라운 일이 벌어졌다. 잠자코 있던 청월이 눈을 번쩍 떴다.

그의 시선은 마치 용해를 관통하려는 듯 몸에 밀집되었다.

휘이이이이익.

허공에 초승달 문양의 궤적이 그려졌다.

공터에 있는 사람 중 누구도 초식을 펼치지 않았다. 그럼에도 엄청난 위력의 일섬이 허공을 갈랐다.

기묘한 공격은 용해의 얼굴을 찢었는데, 이로 인해 왼쪽 이마부터 왼쪽 입술까지 사선 모양의 상처가 남았다.

"끄아아아악!"

피가 번지고 통증이 일어나면서 용해가 무너졌다.

물론 그 틈을 놓칠 청월이 아니었다.

청월은 팔꿈치로 용해의 가슴을 후려친 뒤 검을 확보했다.

상황을 단숨에 자신의 것으로 만든 것이다.

"저놈이 대체 무슨 짓을……."

"일단 용해를 보호해라."

장로들은 용해를 막아섰다. 그들의 흉흉한 시선은 당장에라도 청월을 잡아먹을 것 같았다.

'아직은 미완성이군.'

청월은 씁쓸한 미소를 지었다.

방금 전 펼친 것은 오로지 청월만이 할 수 있는 초식이었다.

화룡천의 말에 따라 자신의 특성을 살린 무공을 개발한 것이다.

그 이름은 바로 천풍섬이었다.

천풍섬의 이치는 단순했다. 우선 흘러오는 바람의 방향에 맞춰 바깥으로 공력을 뿜어낸다.

이후엔 공력을 날카롭게 가다듬어 무기처럼 만드는 것이다.

이것이 가능하려면 바람을 읽는 능력과 더불어 가공할 만한 공력을 보유해야 했다.

공력을 체외로 분출한 뒤 구체화하려면 엄청난 진기가 필요했기 때문이다.

즉, 천도지체의 소유자인 청월이 아니면 불가능한 무공이었다.

"이놈, 감히 마령교의 장로에게 손대다니."

"네가 아무리 날뛰어도 우리를 감당할 순 없다."

장로들은 흉흉한 기세를 뿜으며 선공을 펼쳤다.

용해가 부상으로 빠졌지만 그들의 합진은 여전히 견고했다.

네 사람은 한데 엉켜서 다시 접전을 펼쳤다.

살수와 절기가 난무하면서 별채 주변은 어느새 지옥이 되고 말았다.

그들의 전투는 무려 한 식경 가까이 지속되었다.

'이런, 더 이상은…….'

청월은 자신도 모르게 입술을 꼭 깨물었다.

용해를 처리하면서 한숨 돌렸다고 생각했지만 꼭 그런 것도 아니었다.

권법에 당한 팔은 매번 삐그덕거렸으며 천도지체의 무한할 듯은 공력도 메말라 갔다.

우선 그는 비기인 천풍섬을 사용했다.

또한 삼 대 일의 합격을 막으면서 진기를 세 배로 써야 했다.

이대로 시간을 끌면 불리한 건 청월이었다.

"아까 그 수법을 또 써보시지."

"제법 설쳤다지만 이젠 죽어줘야겠어. 크크크."

장로들의 공격이 더욱 날카로워졌다.

공세를 잡은 그들은 단 한 번도 기회를 주지 않았다. 이젠 청월도 결단을 내려야 할 때가 온 것이다.

"천지풍파!"

청월이 강맹하게 검을 휘둘렀다. 그러자 초승달 모양의 검강이 무자비하게 뿌려졌다.

쿵쿵쿵쿵쿵쿵쿵쿵!

검강이 사물과 충돌하면서 폭음을 터뜨렸다.

별채 주변은 금세 흙먼지와 후폭풍에 감싸였다. 청월은 그 틈을 타 도망칠 기회를 엿보았다.

'필요한 건 모두 얻었어. 이젠 피해야 해.'

신법을 밟던 청월은 오싹한 느낌에 뒤를 돌아보았다. 형상문이 연기를 뚫고 접근한 것이다.

"이제 와서 내빼겠다는 것이냐?"

피처럼 붉은 장법이 뿜어졌다.

청월은 검을 가로로 뉘어서 이를 간신히 막아냈다. 하나 문제는 바로 그다음에 벌어졌다.

"이, 이런······."

자신도 모르게 얼빠진 소리를 내고 말았다.

형상문의 노림수를 뒤늦게 깨달았기 때문이다.

그는 한 손으로는 장법을, 다른 한 손으로는 격공섭물을 펼쳤다.

이로 인해 숨겨두었던 인장과 서첩이 바깥으로 튀어나왔다.

"마음대로 되지는 않아!"

청월은 장법을 튕겨내고 형상문과의 거리를 좁혔다.

인장을 잃게 되면 잠행의 의미는 없어지고 만다.

증거도 없이 장무룡이나 다른 단주들을 어찌 설득한단 말인가.

"설치는 것도 여기까지다. 준비는 됐나?"

"물론이지."

거령도 대만운과 귀혈자 마제필 역시 연기를 뚫고 나왔다.

휘이이이익.

두 사람의 합격이 십자를 그리며 몸을 절단해 왔다.

청월이 간신히 방어 초식을 펼쳤지만 위력을 이기지 못해 몇 장을 굴렀다.

주르르르륵.

내상으로 인해 입가로 피가 흘렀다.

검격을 다 막지 못해 오른쪽 옆구리까지 길게 베이고 말았다. 손으로 상처를 만지니 금세 피가 번졌다.

청월은 정신이 아득해지는 것을 느꼈다.

"이걸 어쩐다? 용을 썼는데 필요한 건 다 내 손안에 있군."

형상문의 얼굴에 미소가 어렸다.

인장과 서첩을 지킨 것으로 일단 위협은 막은 셈이다.

'빌어먹을. 여기까지 와서.'

청월의 얼굴이 종잇장처럼 일그러졌다.

증거를 코앞에서 놓치니 그 아쉬움이 절절하게 가슴을 찔렀다. 하나 지금은 결과에 집착할 때가 아니었다.

타다다다다닥!

청월이 발 빠르게 움직였다.

그는 단번에 담장을 넘고 호숫길을 질주해 갔다.

일단은 살아남아야 했다.

목숨이 붙어 있어야 후사를 도모하지 않겠는가.

지금 상태로 저들과 붙는 건 볏짚을 안고 불길에 뛰어드는 것이다.

청월은 남은 공력을 모두 짜내 신법에 집중했다. 상처가 쑤셨지만 이를 악물며 버텼다.

"순순히 놔줄 것 같은가?"

세 명의 귀존이 금세 뒤를 따랐다. 혈전은 이제 추격전으로 모습이 바뀌고 말았다.

휘이이이이익!

네 사람이 지난 간 자리에는 광풍이 불었으며 나뭇가지와 수풀이 우르르 눕기에 바빴다.

'젠장. 저건 또 뭐야?'

청월의 얼굴이 사정없이 구겨졌다.

백 보 앞에 길을 가로막는 인원이 있었던 것이다.

그들은 두 명의 여성이었는데, 한 명은 검을 빼 든 무사였고 다른 이는 청연화였다.

난감했다.

전력질주를 해도 모자란 상황에 장애물을 만나다니.

청월은 상황을 헤쳐가기 위해 머리를 굴릴 수밖에 없었다.

어떻게 하면 이들과 장로를 모두 따돌릴 수 있을까. 그런데 바로 그 순간이었다.

[저를 데려가주세요.]

한줄기 전음이 귓가에 파고들었다.

그것은 청연화가 보낸 전음이었다.

그녀는 절실한 표정으로 청월을 보고 있었다.

청월의 입장에서 그 말에 진의를 파악할 길은 없었다.

하지만 데려가 달라는 말이 왠지 모르게 가슴을 후벼 팠다.

마령교가 만천문으로 위장을 했으니 그와 관련되어 억류당한 게 아닐까.

현재로서는 생각할 수 있는 건 그 정도뿐이었다.

'뭐야? 정말 죽으라는 건가?'

상황이 이쯤 얽히고 나니 그저 웃음만 나왔다.

뒤에는 적들이 눈을 시뻘겋게 뜨고 쫓아왔다.

정면에도 길을 막는 무사가 있었으며 더불어 도움의 손길을 요청하는 여인이 있다.

청월은 홀몸이거늘 세상은 그를 들볶지 못해 안달이었다.

'이젠 정말 모르겠다.'

입술을 깨물며 속도를 높였다. 청월은 신풍문 최고의 신법인 광풍천보를 밟았다.

'결코 나를 빠져나갈 수 없어.'

여무사는 검을 빼 든 채로 청월을 응시했다.

그녀는 귀살문이라는 살수 집단 출신이었다.

상대를 관찰하고 이에 맞춰 대응하는 능력이 특출 났다. 그녀는 좁혀지는 거리를 계산해 검을 찔러 나갔다.

휘이이이이이익!

새파란 검이 벼락처럼 뿜어졌다.

그녀는 확신했다.

자신의 검이 청월의 가슴을 완벽하게 관통할 것이라고. 거리와 속도와 궤적까지 그녀의 검은 필요한 삼박자를 모두 갖추었다.

"마, 말도 안 돼."

손끝에 느껴지는 텅 빈 감각.

그녀는 혀를 차고 말았다.

그녀가 공격했던 것은 청월이 아닌 청월이 남긴 잔상이었다.

얼마나 신법이 빠르면 잔상을 찌를 수 있을까.

우우우우우웅!

뒤늦게 바람이 도착하니 온몸이 비틀거렸다.

그녀는 맥없는 표정으로 뒤를 돌아보았다. 그는 이미 청연화를 두 팔에 안은 채로 저만치 멀어지고 있었다.

"찢어 죽일 새끼."

"그 와중에 저년한테 손을 대다니."

장로들의 얼굴이 사정없이 구겨졌다.

그들은 곧 묘한 눈짓을 교환했다. 모두 같은 마음을 먹고 있었던 것이다.

"오히려 잘됐지. 이 기회에 같이 죽이자고."

"맞아. 저런 년을 감싸는 건 화약을 안고 있는 거야."

그들은 두 사람을 죽일 작정을 하고 신법에 박차를 가했다.

한편 청월은 청연화를 끌어안은 채로 열심히 달렸다.

'죽을 맛이군.'

비 오듯 땀이 흘렀다.

청연화가 가볍기는 했지만 그마저도 큰 부담이 됐다.

옆구리의 검상과 진기 고갈이 발목을 잡은 탓이다. 지금의
속도라면 한 식경 안에 따라잡히고 말리라.

여인을 구한 것이 잘하는 일인지는 알 수 없었다.

도움을 요청하는 이를 못 본 척 지나치기는 힘들었다.

그녀를 구속하고 있는 것이 바로 마령교였으니까 말이다.
심한 고초를 당했을 게 분명했다.

'쓸쓸하게 죽는 것보단 나을 수도 있으니 말이야.'

자조적인 미소가 피었다.

"죄송합니다. 괜히 저 때문에……."

여인이 미안한 표정을 지었다. 대신 그녀는 소매로 이마의
땀을 닦아주었다.

타다다다다닥!

청월은 달리고 또 달렸다.

발바닥에서는 불이 났으며 호흡도 턱 끝까지 차올랐다.

마음 같아서는 이대로 주저앉고 싶었지만 맹에 있을 동료들을 생각하니 그럴 수는 없었다.

"너무한 거 아닌가?"

청월의 시선이 정면에 고정되었다.

산을 오르던 중 갈림길이 나타난 것이다.

방향 표시가 없었기에 어디로 가는 것이 좋을지 알 수 없었다.

여인을 향해 눈짓을 했지만 그녀도 난감해하는 건 마찬가지였다.

"…호수를 벗어난 적이 없습니다."

"어쩔 수 없죠."

청월은 간신히 한마디를 뱉었다.

하나 그의 눈빛은 좀 전과 달리 날카롭게 빛나고 있었다. 남몰래 준비했던 또 하나의 비기를 펼칠 때가 된 것이다.

청월은 일단 나무가 울창한 왼쪽 길로 접어들었다.

길도 넓었으며 사람의 흔적도 제법 눈에 띄었던 탓이다.

"저기, 미안한데, 제 품 속에 거울이 있거든요."

"……"

"거울을 꺼내서 제 몸을 비춰주세요."

"이 상황에 거울은 왜?"

여인의 눈이 토끼처럼 커다래졌다.

청월의 제안이 너무나 뜬금없었던 탓이다.

추격자가 쫓아오는데 한가하게 거울을 볼 시간이 어디 있단 말인가.

"빨리요!"

"…알겠습니다."

여인이 청월의 품에서 작은 손거울을 꺼냈다.

'사령안. 너를 믿는다.'

청월은 길을 보지 않고 거울 속의 자신만을 응시했다.

그의 기묘한 행동에 여인은 그저 고개를 갸웃할 따름이다.

시간이 얼마나 지났을까.

후우우우우웅!

거친 바람과 함께 청월의 신형이 유려한 곡선을 그렸다.

그는 왔던 길을 되돌아가기 시작했다.

여기까지 기껏 달려와 놓고 다시 갈림길로 향한 것이다.

"대체 무슨 생각이죠?"

여인이 보기에 청월은 불에 뛰어드는 불나방처럼 무모해 보였다.

이래선 추격자와의 거리를 좁히는 꼴밖에 되지 않았다.

"두고 보면… 압니다."

청월은 간신히 한마디 했다.

이젠 그의 육체와 공력도 한계점에 도달하고 있었다.

최후의 노림수가 먹히지 않는다면 저승사자가 목숨을 앗아가리라.

오던 길을 되짚어 다시 오른쪽 길로 접어들었다.

덕분에 뒤를 쫓던 장로들이 상당히 거리를 좁혔다.

멀기는 하지만 청월이 육안으로 확인할 정도가 된 것이다.

"저 새끼도 드디어 공력이 다했군."

"어차피 둘 다 죽여야 하니 같이 손을 씁시다."

장로들이 공력을 내뿜기 시작했다.

장력과 검강이 폭풍처럼 청월을 향해 날아들었다.

호신강기마저 다한 지금은 단 한 방이라도 치명적이었다.

청월은 신법에 유(柔)한 수법을 섞었다.

쾅쾅쾅쾅쾅!

장로들의 공력이 애꿎은 지면을 두들겼다. 동시에 흙먼지와 더불어 강력한 바람이 주변을 휩쓸었다.

청월은 공격을 피하면서도 거울 보는 것을 게을리하지 않았다.

나쁘지 않았다.

모든 것이 계획대로 진행되고 있었다.

'이번엔 네가 나를 끌어 다오.'

청월은 최후의 공력을 신법에 담았다.

천도지체의 무한한 공력도 이제는 바닥을 보이고 만 것

이다.

"저, 저기를 보세요."

여인이 화들짝 놀라며 정면을 가리켰다.

그곳은 직각으로 된 바위 절벽이었다.

막다른 길인 만큼 우회를 할 수도 없었다. 이대로라면 암살이 아니라 추락사를 할 판이다.

"이대로… 가실 생각인가요?"

"물론이죠."

청월의 얼굴에 처음으로 미소가 어렸다.

분명 올바른 길을 찾아왔다. 이제 할 수 있는 건 사령안을 믿는 것뿐이다.

어쩌면 사령안은 일훈보다도 더욱 오래된 벗이니까.

"겨울에 물찜질을 해보는 것도 좋겠지요. 아닌가요?"

청월은 그렇게 말하고 절벽 끝에서 힘껏 도약했다.

추락하는 기분은 매우 기묘했다.

온몸이 어딘가에 빨려들어 가는 느낌이 들며 머릿속으로는 지나온 일들이 바람처럼 스쳐 지나갔다.

"저놈이 결국 미친 짓을 했군."

"죽임을 당하지 않고… 죽겠다는 건가?"

장로들이 황급히 절벽 끝에 멈췄다.

그들의 눈에 점점 작아지는 청월과 청연화가 보였다.

쿠우우우우웅!

두 사람이 추락하면서 커다란 물보라가 일었다.

그들은 곧 물살에 쓸려 자취를 감추었다.

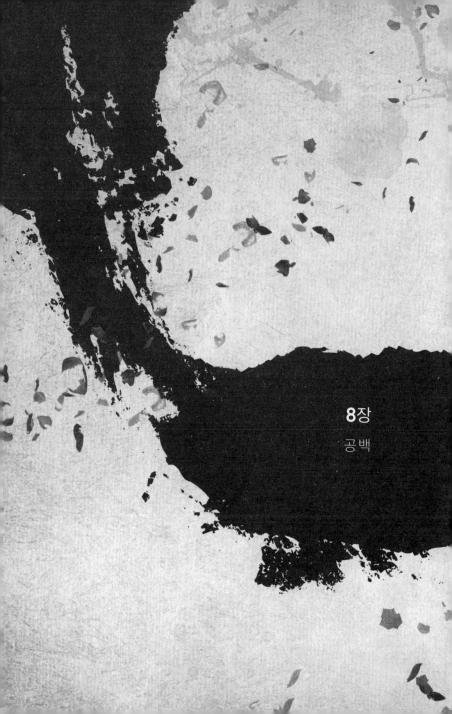

8장

공백

천하맹의 회의장.

맹주를 비롯한 각 단장이 모두 착석했다.

평소라면 잡담과 웃음이 오갔을 자리지만 누구도 입을 열지 않았다.

마치 전원 입에 자물쇠를 채운 듯하다.

침묵이 깊어가는 가운데 찻잔에서 뿜어지는 김이 위태롭게 흔들린다.

흑룡회를 습격하는 이른바 사생취의 작전.

작전에 필요한 인원은 모두 집결했고 부대 편성까지 끝났다.

이제 남은 건 전술뿐이고, 그 전술을 계획한 이가 곧 나타날 것이다.

고요함이 회의장을 짓누르는 가운데 벌컥 문이 열렸다.

뇌전단주이자 작전의 총괄자인 장무룡이 나타났다.

"다들 반갑습니다."

그는 좌중을 일일이 훑었는데 특히 맹주 백담천에게 시선을 더욱 오래 고정되었다.

그들의 시선이 교차하는 순간엔 허공에 불이 튀는 듯했다.

"그럼 가장 궁금한 이야기부터 나눠볼까요?"

장무룡이 만족스런 미소를 짓고 회의장 중앙으로 향했다. 그는 벽면에 지도를 걸어 놓은 뒤 말을 이었다.

"계략을 설명하기 전에 우선 흑룡회에 대해 설명하겠습니다."

장무룡은 붓으로 신강과 서장 지방 테두리를 칠했다.

흑룡회의 세력권을 그려 넣은 것이다.

"흑룡회는 총 열다섯 개의 흑도 방파가 뭉친 연합체입니다. 그중에 가장 큰 세력이 바로 귀살문이죠. 귀살문에 대해서 간단하게 짚고 넘어가겠습니다."

장무룡이 설명을 이었다.

귀살문은 과거 혈랑마교라 불렸으며 마령교와 함께 사파의 패권을 쥔 강자였다.

현 흑룡회주 역시 귀살문 출신의 인물이다.

귀살문은 패도적인 검법으로 악명이 자자했으며, 특수부대인 귀창혈겁대는 무패의 신화를 자랑했다.

"흑룡회를 제외하면 사술이 능한 철혈문이 이 할, 나머지 중소 방파 연합이 이 할을 차지합니다. 그래서 우리는……"

장무룡이 뜸을 들이자 몇몇 단주가 꼴깍 침을 삼켰다.

장무룡은 그만큼 사람을 다룰 줄 아는 사람이었다.

"가장 먼저 귀살문을 향합니다. 귀살문에 필요한 병력은 사백여 명입니다."

"…뇌전단주님, 고작 그 인원으로 귀살문을 칠 수 있겠습니까?"

"어설프게 나섰다간 이쪽이 전멸하고 말아요."

단주들이 하나둘 반대를 표명했다.

귀살문을 상대하는 병력이 턱없이 부족했던 탓이다.

흑룡회의 노른자를 치려면 적어도 천하맹 인원의 삼분의 이는 쏟아부어야 했다.

반대 의견이 분분한 가운데 장무룡은 반대 의견을 그저 듣기만 했다.

"다들 제 말을 오해하셨군요. 제가 언제 귀살문을 친다고 했습니까?"

장무룡이 미소를 지으며 좌중을 훑었다.

"그럼 놀러라도 가자는 건가?"

잠자코 있던 취걸아가 한마디 했다. 그는 조롱조로 말하고선 코를 후볐다.

화가 날 법한 언사였지만 장무룡은 이를 간단히 흘렸다.

"귀살문에 가는 병력은 미끼입니다. 그저 상대의 관심을 끌기 위한 행동이죠. 사실 본대는 이쪽으로 향할 겁니다."

그는 붓으로 서장 지역을 가리켰다.

서장에는 포달랍궁을 비롯해 철혈문이 위치했다.

"연합이라는 것은 일종의 고리입니다. 그 고리를 끊으면 힘은 자연스레 약해지게 마련이죠."

장무룡이 천천히 설명을 이었다.

그의 작전은 서장에서부터 흑룡회에 가담한 흑도 방파를 하나하나씩 끊어내는 것이었다.

일부 병력이 귀살문에서 시선을 끄는 도중에 말이다.

이렇게 되면 흑룡회는 힘을 집중하기 전에 쓰러지고 말리라.

설명이 끝난 후 회의장에 다시 침묵이 감돌았다. 모두가 계략을 음미하고 있는 것이다.

"좋은 작전입니다."

"서장과 신강 지방의 공략 시기만 맞추면 필승 전략이 될 것 같군요."

단주들이 하나둘 감탄을 터뜨렸다.

몇몇은 과연 뇌전단주라며 치켜세우는 것도 잊지 않았다.

이번 작전을 반대하는 맹주와 취걸아마저 허점을 잡지 못했으니 말은 다 한 셈이다.

"이번에야말로 흑룡회 놈들을 몰아냅시다."

"더 기다릴 필요도 없습니다. 칠 일 내로 작전을 시행하도록 하죠."

방 분위기가 단번에 장무룡에게 기울었다.

"맹주님은 어찌 생각하십니까?"

장무룡이 의기양양한 미소로 백담천을 응시했다.

상황이 이쯤 되면 제아무리 맹주라 해도 어쩔 수 없었다.

"저는……."

백담천이 수염을 쓰다듬으려 뜸을 들였다.

대세가 이미 기운 상황에서 그는 어떤 말을 할 것인가. 모두의 시선이 그에게 집중됐다.

"아직 시기상조라고 생각합니다."

"이해할 수 없습니다. 맹주님이 말하는 시기라는 것은 대체 언제 오는 것인지요."

장무룡이 빈정거렸다.

백담천은 언제나 계획에 꼬투리를 잡았다.

무사들의 무위를 확인한 뒤 부대 재편성 명령을 내리거나 훈련 방식을 가지고도 트집을 잡았다.

한마디로 계획을 질질 끌고 있는 셈이다.

"작전 자체에는 저도 이의가 없습니다. 다만……."

백담천이 단주들을 보며 천천히 말을 이었다.

"지금의 작전대로라면 천하맹은 완전히 텅텅 비어버립니다. 흑룡회에서 역으로 습격하면 어떻게 되겠습니까?"

"……"

"남의 것을 탐하다가 우리 것을 잃는 우를 범해선 안 됩니다."

맹주의 말에 단주들이 다시 술렁거렸다.

확실히 현 작전대로라면 천하맹의 방비가 약해진다. 그것에 대한 대비도 하지 않으면 안 됐다.

"딱 열흘만 시간을 더 둡시다. 그 안에 무사들을 더 충원하면 될 것이오."

"…그렇게 합시다."

장무룡이 마지못해 대답했다.

그의 얼굴이 곧 터질 듯 부풀어 올랐다.

마음 같아서는 손에 잡히는 대로 뭐라도 부숴 버리고 싶었지만 참았다.

계략은 좋았고 단지 그 시기만 며칠 미루는 것뿐이다.

승자는 결국 그가 되고 말리라.

"지금 뭔가를 기다리는 것 같소만… 원하는 건 얻지 못할 겁니다."

장무룡이 문을 세차게 닫으며 회의장을 나섰다.

사생취의 작전이, 무림에 닥칠 혈풍이 간신히 열흘 뒤로 밀려났다.

*　　*　　*

휘이이이이이이잉!

창을 열자 바람이 세차게 몰아쳤다.

백담천은 바람을 맞으며 천하맹을 굽어보았다.

수염과 머리가 깃발처럼 휘날렸지만 신경 쓰지 않았다.

지금 그를 괴롭히는 건 바람이 아니었으니까 말이다.

"결국에는… 오고 마는 건가?"

씁쓸한 미소가 절로 일어났다.

살아생전에 대혈전을 두 번이나 겪게 될 줄은 상상도 못했다.

재차 닥칠 비극을 생각하니 그저 헛웃음만 나왔다.

"후우우우우."

한숨을 쉬니 입김이 구름처럼 퍼져 나갔다.

입김을 따라가다 보니 시선이 자연스럽게 하늘에 닿았다.

어쩌면 중원에 피를 뿌리는 것이 천명이 아닐까. 문득 그러한 생각도 들었다.

그렇다면 비극을 막고자 하는 노력이 물거품이 되는 것도 당연했다.

"이제 남은 건 청월뿐이군."

백담천이 힘없이 중얼거렸다.

사라진 의원들과 장무룡의 연관관계를 캐내려고 했으나 이는 실패로 돌아갔다.

개방도의 막강한 인력과 정보력을 동원했음에도 말이다.

어쩌면 장무룡은 이미 의원들을 모두 죽였을지도 모른다.

죽은 자를 찾기 위해선 함께 죽는 것밖에 도리가 없었다.

명계로 가지 않고서야 어찌 산 자가 죽은 자를 본단 말인가.

어쨌든 지금 믿어볼 건 청월뿐이다.

그가 가져올 정보에 희망을 걸어볼 수밖에.

"으으으음."

생각이 깊어질수록 머리가 아프고 속이 쓰렸다.

대혈전은 당장 코앞으로 닥쳤고, 무사들의 희생을 최소화할 방안도 마련해야 했다.

'이럴 때는 흑룡회주가 부럽군.'

백담천은 자신의 생각에 그저 웃었다.

천하맹주는 힘이 있는 자리다.

하나 흑룡회주처럼 모든 이의 위에서 군림하는 자리는 아니었다.

단주들이나 다른 사람들이 의견을 모으면 이를 함부로 물리칠 수 없었다.

반면 흑룡회주는 그와 달리 독단적인 결정을 내릴 수 있었다.

흑도 무리는 힘을 숭상했고, 흑룡회주는 그 힘의 결정체였다.

그에겐 가진 힘만큼의 권한이 부여되었다.

"네가 필요할지도 모르겠구나."

백담천의 시선이 한곳에 집중되었다.

그곳에는 그의 애검인 만리향검이 놓여 있다.

천하맹주가 된 이후로 거의 뽑은 적이 없는 검이다.

피를 먹인 적 없는 보검이건만 이번만큼은 어쩔 수 없을 듯했다.

똑똑똑.

누군가가 문을 두드린 뒤 방으로 들어왔다.

천하맹의 특수부대인 황룡전대의 대장이자 소림의 십팔나한장인 무각이다.

"얼굴에 번뇌가 가득하군."

"상황이 어떤지 자네도 잘 알지 않는가?"

백담천이 쓴웃음을 지었다.

"그러게. 내가 누누이 말하지 않았나? 천하맹주 같은 번거로운 자리는 맡지 말라고 말이야."

무각이 미소 지으며 말했다.

중원에서 말하는 일황오제는 모두 강호행을 함께한 동료이다.

친분이야 말할 것도 없고 서로의 성격도 꿰뚫고 있었다.

"그거야 무룡이 녀석이 떠넘긴 것 아닌가? 내 뜻은 아니었지."

"하긴… 자네는 옛날부터 동료들 뒤치다꺼리에 능했어."

무각이 작게 고개를 끄덕였다.

취걸아의 술주정을 받아주던 것도, 용문일의 연애 상담을 해주던 것도 그다.

백담천은 언제나 동료의 중심에 있었다.

천하맹주가 된 것도 그 바탕이 있기에 가능했다.

"그나저나 무슨 이유로 나를 찾았나?"

"뭐, 한 가지 확인해 보고 싶은 게 있다네."

무각이 주먹을 말아 쥔 뒤 백담천의 가슴께로 내밀었다.

그의 얼굴에 장난스런 미소가 어렸다.

"나의 금강권과 자네의 매화검법 중 무엇이 더 센가?"

"……."

"매화가 전보다 향도 색도 덜하다는 소문이 있어서 말이야."

무각의 말에 백담천이 씨익 웃었다.

오랜 지기의 뜻을 이해하지 못할 리 없다. 그는 비무를 통해 마음을 풀어주려고 하는 것이다.

"그걸 몰라서 묻는 건가?"

백담천이 만리향검을 손에 쥔 채 답했다.

"매화를 꺾기에 자네는 백 년은 이르네."

*　　　*　　　*

태양이 지평선에 누웠다.

하늘은 깜깜했으며 보름달과 별들이 고개를 내밀기 시작했다.

일과를 마친 무사들이 복귀하는 시각.

제갈선은 작은 자루를 메고 기숙사를 나왔다.

그의 발걸음은 조심스러웠으며 인적이 드문 곳만을 지나쳐 갔다.

잠시 후 그는 정원에서 가장 외진 곳에 자리를 잡았다.

"마시자, 마셔. 마시고 죽은 귀신은 때깔도 곱다더라."

자루를 풀자 술병이 와르르 쏟아졌다.

이것은 오늘 밤을 책임져 줄 보물이었다. 그는 병나발을 불며 쭉쭉 술을 들이켰다.

"크아아아아!"

저절로 신음이 터졌다.

목구멍부터 내장까지 술이 지나간 자리에 화끈한 불길이 일어났다.

한겨울의 매서운 추위도 술이 주는 열기를 이길 순 없었다.

제갈선은 호수를 보며 계속해서 술을 들이켰다.

취기가 오르니 금방 입이 간질간질해졌다. 결국 그는 쌍욕을 터뜨리고 말았다.

"야, 이놈의 호래자식아! 네가 감히 나를 배신해? 아주 돌아오기만 해봐! 다리를 분질러 버릴 테니까!"

그는 근신 중이라는 것도 잊고 고래고래 소리쳤다.

하지만 이렇게라도 하지 않으면 가슴의 불길을 끌 수가 없었다.

제갈선은 배신당했다.

그 주인공은 바로 단짝 청월이었다.

청월은 그를 따돌리고 혼자서 만천문으로 향했다.

함께 진실을 밝혔으니 증거를 찾는 것도 함께해야 하는 것 아닌가.

그런데 청월은 일언반구도 없이 훌쩍 떠나 버렸다.

남겨진 제갈선은 어이가 없을 따름이다.

"무공이 약하다고 얕보는 거 아니다. 화룡천한테서 목숨을 구해준 게 누군데 그래? 엉? 대답 좀 해봐라."

빈병을 던지려는 찰나였다.

누군가가 팔목을 힘차게 붙들었다. 갑작스러운 제지에 제갈선이 미간을 찌푸렸다.

"기분 잡치게 어떤 놈이……."

그는 차마 말을 다 잇지 못했다. 곁에 있는 사람이 누구인지 깨달은 것이다.

"술 마시는 것까지는 뭐라고 하지 않겠습니다. 하지만 고성방가에 쓰레기 투척은 도가 지나쳐요. 근신 중이라는 걸 잊었나요?"

낭랑하면서도 엄한 목소리였다.

백예린은 제갈선이 비운 병을 다시 자루에 넣었다. 그리고 제갈선과 나란히 앉았다.

"백, 백 소저가 여긴 웬일이죠?"

제갈선이 놀라서 물었다.

이런 곳에서 그녀를 보게 될 줄은 몰랐다. 게다가 시간도 꽤나 야심했으니까 말이다.

"그렇게 소리를 지르는데 어찌 그냥 지나가겠어요?"

"……."

죄를 지은 게 있는지라 대꾸를 하지 못했다.

제갈선은 고개를 떨어뜨리고 불쌍한 척을 했다.

같은 근신 처분을 받았다지만 백예린은 완전한 동료가 아니었다.

규칙을 중요시하기에 그의 행동을 상부에 찌를 수도 있었다.

"누구를 그리 욕하고 계셨습니까?"

"그거야 당연히 청월이 놈이죠!"

제갈선이 침을 튀며 말했다.

침울했던 어조 역시 급상승하고 말았다. 혼자 내뺀 지기를 생각하니 혈압이 오를 따름이다.

"백 소저, 제 이야기 한번 들어보실래요?"

그는 백예린을 보며 하소연을 시작했다.

천하맹과 흑룡회를 이간질한 조직을 발견한 것, 그리고 청월이 말도 없이 혼자 떠난 것들을 말이다.

그는 이야기를 하면서도 몇 번씩이나 술을 들이켰다.

"그랬군요. 청월 공자가 계속 안 보여서 이상하다고 생각했는데……."

백예린이 작게 고개를 끄덕였다.

그녀는 청월이 외진 곳에서 수련에 열중하는 줄 알았다.

시간을 공(空)으로 보낼 사람은 아니었으니까.

"그래도 꽤 청월 공자다운 행동이라고 생각하는데요?"

백예린이 웃으며 말했다.

"네? 지금 백 소저도 그놈 편을 드는 겁니까?"

제갈선이 눈을 동그랗게 떴다. 지금 울어야 할 사람은 청월이 아니라 그였다. 그런데 어째서 그녀마저 청월의 손을 들어주는가.

"편을 드는 게 아니라 청월 공자의 됨됨이를 보고 하는 말이에요."

"됨됨이라……."

제갈선은 턱을 쓸어내리며 말을 곱씹었다. 그사이 백예린이 한마디를 덧붙였다.

"공을 독차지하거나 제갈 공자를 무시해서 혼자 간 건 아닐 거예요. 분명히……."

"분명히?"

"주변 사람들이 힘들지 않게 스스로 모든 걸 처리하고 싶었던 거겠죠."

백예린이 보름달을 보며 한마디 했다.

짧다면 짧고 길다면 긴 시간을 그와 함께 보냈다.

청월은 쉽게 말하면 자신보다 남을 먼저 위하는 인물이었다.

정명산에서 습격을 받았을 때도, 화룡천과의 접전이 있었을 때도 그는 항상 주변인을 지키기 위해 애썼다.

이번 행동 역시 그런 일의 연장선에 있을 것이다.

"후우우우우우."

제갈선이 한숨을 내쉰 뒤 술을 들이켰다.

백예린의 말을 듣고 나니 술맛이 썼다. 어쩐지 정신도 아까보다 맑아졌다.

"솔직히… 그걸 모르는 건 아닙니다. 하지만 친구 입장에선 답답하다 그겁니다."

제갈선이 다시 어조를 높였다.

"같이 짊어질 수 있는 짐을 왜 혼자서 낑낑거리며 지고 가느냐 이겁니다. 그놈이 혼자서 고생할 걸 생각하면 걱정도 되고……."

제갈선이 드디어 본심을 털어놓았다.

그는 모든 걸 혼자 처리하려는 청월의 고집이 마음에 들지 않았다.

그걸 곁에서 보는 사람이 어떤 심경인지는 분명 청월은 알지 못하리라.

"그건 저도 동감이에요."

"역시 백 소저는 감이 좋으십니다."

두 사람은 서로를 보며 미소 지었다.

남의 뒷담화를 까면 친해진다고 하더니 그들은 금세 서로의 벽을 허물었다.

그들 사이에는 청월이라는 공통분모가 존재했으니까 말이다.

"저도 한잔할게요."

"이거 엄청 독한 술입니다. 게다가 우린 근신 중인데요?"

"가끔은 틀에서 벗어나는 것도 좋겠죠."

백예린이 술병을 들어 들이켰다.

달빛에 반짝이는 흑발과 길고 하얀 목선. 이를 보고 있자니 절로 혼이 빠진다. 과연 중원육미는 아무나 되는 것이 아니었다.

"맛 좋은데요?"

"그래야죠. 얼마를 주고 산 술인데. 이제 우린 공범입니다?"

"네."

두 사람의 얼굴에 미소가 교차했다.

하늘엔 구름 한 점 없어 달빛과 별빛이 우르르 쏟아졌다.

바람이 불 때마다 나뭇가지와 수풀이 누웠고, 밤벌레의 울음이 이따금 정적을 깨웠다.

아름다운 저녁 경치였다.

"사실 훈수 두는 거 별로 안 좋아합니다만……."

제갈선이 머리를 긁적이며 백예린을 응시했다.

지금 꺼낼 이야기가 자신의 것은 아니었지만 왠지 낯이 달아올랐다. 하지만 왠지 이런 기회는 다시 오지 않을 것 같았다.

"그거 아십니까? 청월이가 백 소저를 마음에 품고 있는 걸?"

말을 마침과 동시에 거센 바람이 불어왔다. 백예린의 긴 머리가 깃발처럼 나부꼈다.

그녀는 무언가를 생각하는 듯하더니 운을 뗐다.

"농담도 잘하시네요."

"농담 아닙니다."

"…청월 공자는 원래 누구에게나 자상해요. 그러니까 그런 말씀은 별로 와 닿지 않네요."

"하하하, 본인이 인정한 건데 믿지 않겠다는 겁니까?"

제갈선이 웃으며 말을 이었다.

"제가 그걸로 녀석을 몇 번이나 골려먹었는지 모릅니다. 그런 걸로 따지면 백 소저도 어지간한 둔재가 아니에요."

"……."

"그리고 기회가 됐으니까 다시 물어볼게요."

제갈선의 눈이 호기심으로 반짝였다.

아주 궁금했지만 답변을 듣지 못한 질문, 그것을 지금 할

참이었다.

"예전에 화룡천과 객잔에서 숙박을 했잖아요. 그때 청월이랑 백 소저랑 한 방에서 같이 잤죠?"

"……."

백예린의 눈이 토끼눈처럼 커다래졌다.

얼굴에 감정이 고스란히 드러나는 걸 보면 그녀 역시 청월과 같은 부류였다.

이런 쪽은 마음을 읽기 편해서 좋았다.

"그때 둘이서 뭐했습니까?"

제갈선이 본론으로 들어갔다.

과연 그날 예상했던 역사가 펼쳐졌을까.

그것이 사실이라면 천룡단은 물론 중원이 뒤집힐지도 몰랐다.

"그건……."

취기 때문인지 부끄러움 때문인지 그녀의 볼이 빨갛게 달아올랐다.

"오늘 같은 날이 아니면 언제 털어놓겠어요? 네?"

제갈선이 은근하게 꼬드겼다.

아무리 백예린이라도 지금 이 분위기를 깰 수는 없었다.

부드럽고 집요하게 군다면 반드시 대답을 들을 수 있을 것이다.

"누구에게도 말하지 않을 거죠?"

"당연하죠. 하늘과 땅을 제외하면 이 이야기는 저만 들은 겁니다."

"사실 그때……."

백예린이 머뭇거리다가 말을 이었다.

"아무 일도 없었어요… 정말로요."

"…정말이에요?"

어처구니가 없어서 콧바람이 저절로 터졌다.

뜨거운 열기와 함께 재만 남아도 모자랄 밤이다. 그런 밤이 맥없이 지나갔다니 믿기질 않았다.

게다가 두 사람은 서로 좋아하는 사이가 아닌가.

"왜 그러시죠?"

"진짜 답답하네요. 둘 다."

제갈선은 양손으로 자신의 가슴을 두들겼다.

두 사람은 인생의 진리를 몸소 보여주고 있었다.

무공만 배우고 놀지 않으면 바보가 된다는 진리 말이다.

"하여간 이거 하나만은 명심하셔야 해요."

제갈선이 헛기침을 한 뒤 말을 이었다.

"청월이 놈은 진심으로 백 소저를 좋아해요. 그러니까 백 소저도 그 녀석에게 마음이 있다면……."

그는 백예린에게 바짝 붙어서 귓속말을 했다.

말을 다 듣고 난 후 그녀의 볼은 물론 귀밑까지 빨개졌다.

"제가 그런 일까지 해야 하나요?"

"그거… 엄청난 일 아니에요. 남들은 다하는 거라구요. 그러니까 이참에 잘해보라는 겁니다."

제갈선은 그리 말하고 백예린을 힐끔 응시했다.

그는 여태껏 그녀를 오해하고 있었다.

겉으로는 차갑고 무뚝뚝해 보이지만 그 속은 무척이나 여린 것이다.

전형적인 외강내유형이라 봐도 무관했다.

"약속해요. 꼭 시키는 대로 하겠다고."

"…네."

두 사람은 약지를 걸고 약속했다. 밀담과 함께 밤이 깊어가고 있었다.

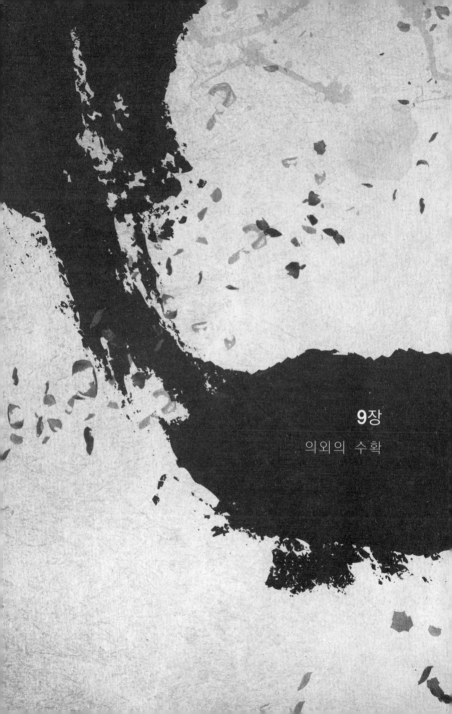

9장

의외의 수확

　"으으으윽."

　통증이 파도처럼 몰려왔다.

　옆구리는 인두에 지진 것처럼 화끈했으며 양팔의 상완부
는 부러져 시큰거렸다.

　조금씩 몸에 힘을 주었지만 손가락조차 움직이질 않았다.

　청월은 얼굴을 찌푸리며 간신히 눈을 떴다.

　누워 있던 곳은 생전 처음 보는 곳이었다.

　가구들은 모두 낡았고 각종 생필품이 있는 걸 보니 객잔은
아닌 듯했다.

"…그래도 살아남았어."

천장을 향해 중얼거렸다.

육체의 통증은 곧 살아 있다는 증거였다.

또한 그가 누운 곳이 명부가 아니라 중원이라는 뜻이다. 그런 생각을 하니 저도 모르게 웃음이 새어 나왔다.

삶이란, 생이란 그 자체로 행복이 아닐까. 문득 그러한 생각이 들었다.

"고맙다, 사령안."

청월은 자신의 왼쪽 눈에 감사를 표시했다.

이번 일에 가장 큰 공을 세운 것은 바로 사령안이었다.

그가 아니었다면 꼼짝없이 목숨을 잃었으리라.

추격을 따돌릴 때 청월은 사령안을 좀 전과는 다르게 사용했다.

그것은 천하맹에서 얻은 깨달음과 연관이 있었다.

'그래, 생각이 좁았던 거야.'

청월이 작게 고개를 끄덕였다.

그는 그동안 사령안을 단순하게 생각했다.

죽음의 원인이 생기면 그에 따라 죽을 시기를 보여주는 능력으로 말이다.

하지만 이는 역으로 뒤집을 수도 있었다.

죽을 원인을 거스르게 되면 죽음이 줄어드는 것도 보는 것이다.

실제로 병사(病死)가 예정된 이들이 제대로 된 치료를 받으면 죽음이 줄어들었다.

청월은 이 원리를 자신의 죽음에 대입했다.

그래서 청연화에게 거울로 자신을 비추라고 한 것이다.

다행히 작전은 맞아떨어졌다.

추락하면서 절벽 틈에 난 나뭇가지에 부딪쳤는데 그것이 상당한 완충작용을 했다.

'그래도 마냥 즐거워할 순 없지.'

청월은 깊게 한숨을 내쉬었다.

목숨은 건졌지만 그만큼 소중한 것을 잃어버렸다.

마령교가 만천문으로 둔갑했다는 증거를 모두 빼앗긴 것이다.

빈손으로 돌아간다면 그의 말을 믿어줄 이는 아무도 없을 것이다.

'설령 조사를 시작한다고 해도 때는 늦겠지.'

그런 생각을 하니 암담하기만 했다.

만천문에 잠복했던 시간을 생각하면 아마 중원에서는 본격적인 토벌작전이 시작됐을 것이다.

결국에 그는 이차 대혈전을 막지 못한 셈이다.

절망감에 젖은 사이 한 여성이 모습을 드러냈다.

청월이 목숨을 구한 청연화이다. 그녀는 김이 모락모락 올라오는 죽을 가져왔다.

"드디어 정신을 차리셨군요."

청연화가 쟁반을 놓은 뒤 청월의 곁에 앉았다.

"……."

청월은 그녀를 처음으로 제대로 보았다.

깨끗한 피부와 반달처럼 곱게 휜 눈썹, 코는 오똑했으며 입술은 사과처럼 붉었다.

백예린이 곁에 있어도 꿀리지 않을 외모였다.

하지만 그녀에게선 알 수 없는 슬픔이 느껴졌다. 표정이 건조했으며 눈망울에선 처연함도 보였다.

"구해주서서 감사합니다. 저는 청연화라고 해요."

"알고 있습니다. 청 소저라 부르면 되겠죠?"

"소저라……. 그런 말을 듣기엔 나이가 좀 많습니다."

청연화의 얼굴에 처음으로 미소가 떠올랐다.

어색한 침묵이 흐르는 가운데 청연화가 먼저 운을 뗐다.

"몸은 좀 어떠신가요?"

"솔직히… 엉망입니다."

청월은 있는 그대로 대답했다.

천도지체의 회복력에도 불구하고 몸은 아직 엉망이었다.

진기를 쥐어짜서 전신에 힘이 없었고 옆구리와 팔의 부상도 여전했다.

"그런데 이곳은 어디입니까?"

"화전민 마을입니다. 바위에 걸려 있는 걸 마을 사람들이 구했다고 해요."

"…그렇군요."

그는 작게 고개를 끄덕였다. 그의 시선이 한동안 청연화에게 고정되었다.

"한 가지만 물어도 될까요?"

"안 됩니다."

청연화가 단호하게 말을 가로막았다.

얌전해 보이는 것과 달리 상당히 박력 있는 청연화였다.

그녀는 곧 오해하지 말라는 듯 죽 그릇을 가리켰다.

"일단 배부터 채우시는 게 좋을 것 같네요."

"네."

"가만히 있어요. 같이 먹어야 하니까."

청연화는 손수 죽을 떠먹여 주었다.

죽이 뜨거웠기에 매번 호호 입김을 불어넣었다.

그녀가 떠주는 죽을 먹으니 왠지 아이가 된 것 같았다.

청월은 죽을 다 비우고 만족스런 미소를 지었다.

속이 따뜻해지니 절로 기운이 솟는 것 같았다.

"아까 하려던 말씀이 뭔가요?"

"아, 그거요?"

청월은 헛기침을 한 뒤 말을 이었다.

"청 소저는 마령교에 대해서 알고 있나요?"

그의 물음에 청연화가 조개처럼 입을 다물었다.

무언가를 말할 듯 입술이 움찔했지만 결국 목소리는 나오지 않았다.

대체 무엇을 고민하고 있는 걸까. 침묵이 짙어지는 가운데 청연화가 운을 뗐다.

"진실을 받아들일 준비가 되셨나요?"

"네?"

"제 이야기를 듣고 나면 돌이킬 수 없는 일이 벌어질지도 몰라요. 그래도 괜찮겠어요?"

청연화의 시선이 전과 달리 매서워졌다.

청월은 그제야 상황이 심상치 않음을 깨달았다. 그녀는 무언가를 알고 있는 게 분명했다.

"물론입니다. 그것을 위해 만천문에 잠입했으니까요."

"…알겠습니다."

청연화가 한숨을 내쉰 뒤 말을 이었다.

"사실 저는 공자가 생각하는 것보다 훨씬 마령교에 근접한 인물이죠. 혹시 제가 누군지 아시겠습니까?"

"……."

"저는 멸문한 청성파의 여식입니다. 과거 이름은 청진설이
지요."

그녀의 말에 청월은 망치로 머리를 맞은 기분이 들었다.

청진설.

그녀는 청성파 사건에서 가장 큰 축을 맡은 여인이다.

그녀가 흑룡회주의 아들과 연애하면서 대통합의 단초가
되었다.

물론 결말은 피투성이 비극이 되었지만 말이다.

"…청 소저는 그날 목숨을 잃은 것이 아닙니까?"

"아니요. 전 처음부터 자리에 없었습니다. 잠시 바람을 쐰
다고 바깥에 있겠다고 했으니까요."

청연화의 표정은 담담하기만 했다.

그 모습을 보니 결코 지어내는 것 같지는 않았다.

그러고 보니 청성파 사건의 생존자인 모용제도 비슷한 말
을 했다.

"식장에서 청 소저를 본 적이 없는 것 같은데."

'만약 사실이라면… 나는 진실을 밝힐 가장 큰 열쇠를 가
지고 복귀하는 거야.'

알 수 없는 흥분감이 몸을 휘감았다.

청월은 감정을 억누르며 대화를 이어갔다. 중요한 것은 지금부터 어떤 정보를 얻어내느냐 하는 것이다.

"죄송하지만… 정말 청 소저가 맞나요?"

"보여드릴게요."

청연화가 작게 고개를 끄덕였다.

그녀는 뒤로 돌아서서 상의를 완전히 젖혔다.

별안간 펼쳐지는 뽀얀 속살에 청월은 얼굴을 붉혔다.

"잘 보세요. 허리 쪽에 긴 상처가 있죠?"

"…네."

그는 간신히 청연화의 몸을 응시했다. 말했던 대로 왼쪽 허리춤에 기다란 검상이 있었다.

"비무를 하다가 생긴 상처예요. 청성파 사람이라면 모두 알고 있는 상처죠. 그리고 한 가지 더."

그녀는 옷을 챙겨 입고 왼쪽 손을 내밀었다.

손가락은 하얗고 가늘었는데 특별히 눈에 띄는 건 약지에 낀 반지 정도이다.

"이건 흑룡회에서 받은 가락지예요. 혼약 예물이죠."

"그렇군요."

청월이 간신히 대답했다.

설마 했지만 그녀가 진짜 청진설일 줄은 몰랐다.

하나 두 가지 근거를 보면 천하맹과 흑룡회 양쪽 다 그녀를 부정할 수 없으리라.

거친 폭풍이 지나간 것처럼 방은 고요했다.

청월은 떠오르는 생각을 정리 중이고, 청연화는 그런 청월을 바라보고 있다.

"단도직입적으로, 그리고 솔직히 말씀드리겠습니다."

청월은 눈을 빛내며 청연화를 응시했다.

"얼마 후면 천하맹이 흑룡회를 공격하게 됩니다. 무림에는 또다시 혈풍이 불겠지요. 저와 함께 그 비극을 막아주셨으면 좋겠습니다."

"제가 할 수 있는 일이 있을까요?"

청연화의 목소리가 작아졌다.

그녀의 모습은 금방이라도 유리처럼 깨질 것 같았다.

"물론입니다. 지금 중원에 필요한 것이 무엇인지 아십니까?"

"……"

"진실입니다."

청월은 잠시 뜸을 들인 뒤 말을 이었다.

"진실만이 오해를 막고 평화를 되찾아줄 겁니다. 천하맹과 흑룡회를 이간질한 건 마령교예요. 그들을 처리하지 않는다면 갈등은 영영 끝나지 않을 거예요."

"진실이라면……"

청연화가 한숨을 쉬며 천장을 응시했다.

청월의 말은 확실히 옳았지만 진실을 밝히는 일은 부끄럽기 짝이 없었다.

그녀의 입장에서는 죄를 토해내는 것과 같은 일이다.

"더 이상 숨기지 않겠습니다. 무엇을 듣고 싶은가요?"

청연화가 각오했다는 듯 입술을 깨물었다. 그녀의 시선이 청월에게 고정되었다.

"혼약식에 있었던 일, 전부를 듣고 싶습니다."

"좋습니다."

청연화가 말을 이어갔다.

한식경 가까이 이어진 그녀의 말은 무척 충격적이었다.

비극은 청월과 제갈선이 예측한 것보다 훨씬 더 뒤틀려 있었다.

당사자인 그녀가 없었다면 그 깊이를 파악하기란 불가능했다.

청월이 알고 있는 사실을 제외하고 밝혀진 것은 다음과 같았다.

청연화는 사실 흑룡회주의 장남이 아닌 그의 수행원을 사랑했다.

하나 정인(情人), 즉 수행원은 그녀가 흑룡회주의 아들과 결혼하기를 바랐다.

"무림 통합을 위해선 청 소저가 힘을 써줘야 해요."

"사랑하지 않는 사람과 함께하고 살을 섞으란 말인가요. 어찌 그런 말을 하실 수 있죠?"

청연화도 처음엔 이를 반대했다.

사람의 마음이란 건 물건처럼 쉽게 왔다 갔다 하는 것이 아니었다.

억지로 누군가를 좋아하는 척하고 싶지 않았다.

게다가 무림 통합이라는 대의도 크게 공감이 가지 않았다.

하지만 상대는 끈질기게 설득했다.

"사람이란 건 마음이 어디에 있느냐가 중요한 겁니다. 청 소저의 마음이 제게 있고 제 마음이 청 소저에게 있으니 그걸로 충분하지 않습니까?"

정인이 말을 이었다.

"그리고 저는 사실 정파 출신입니다. 가족에게 칼을 들이미는 일은 그만두고 싶어요."

그의 절절한 호소에 결국 청연화도 마음을 열었다.

그때부터 그녀는 흑룡회주의 장남과 본격적으로 접촉했다. 그리고 육 개월 간의 연애 끝에 혼약을 이루었다.

"생각하면 제가 바보 같았죠. 그 사람의 말을 어째서 곧이

곧대로 믿었는지."

청연화가 깊은 한숨을 내쉬었다.

짧은 순간이었지만 세월의 애잔함이 얼굴에 스쳐 갔다.

"혼약식 날 정인이 온다고 하여 직접 마중을 나갔습니다. 그런데……."

청연화는 목이 메어 쉽게 말을 잇지 못했다.

"마령교의 인원이 나타난 거군요."

청월이 대신 한마디를 했다.

"…그래요. 마령교의 정예들은 동인당과 서인당으로 갈라져 참극을 벌였습니다. 그리고 흑룡회 무사들의 시체는 굴로 옮겼답니다. 그러니 천하맹에서도 찾을 수가 없었죠."

그녀의 말에 청월은 작게 고개를 끄덕였다.

굴이라는 것은 아마 만천문 지하의 굴을 말하는 것이리라.

청월이 인장과 서첩을 빼냈던 바로 그 장소 말이다.

"참으로 용의주도한 놈들이군요."

"중원을 오래도록 탐내던 놈들이니까요. 그리고 마지막으로 한마디 하면……."

청연화가 뜸을 들인 뒤 말을 이었다.

"정인이라고 말했던 그 사내는 마령교주였습니다. 지금은 만천문의 문주로 있죠."

"혹시 서생같이 생긴 그 청년인가요?"

"그래요."

청연화가 고개를 끄덕였다.

"그런데… 그들은 어째서 청 소저를 살려두었을까요?"

청월이 의혹을 제기했다.

마령교의 입장에서 청연화는 언제 터질지 모르는 폭탄이었다.

그녀가 중원을 돌면 마령교의 비밀은 삽시간에 퍼지고 만다.

청연화를 살려두는 것은 옳지 못한 판단이다.

"사실 교주의 명령이 있었거든요."

"교주요?"

"네. 저를 보면서 일말에 죄책감이라도 받으려고 하는 것 같아요. 그 사람… 사실은 여린 사람이니까."

그녀의 말이 거북하게 들린 건 왜일까.

어쩐지 청연화는 교주의 편을 들어주고 있는 것 같았다. 그가 문파를 말살한 악한임에도 말이다.

"어떤 면에서죠?"

"청성파가 무너지고 대혈전이 벌어지고 난 후에도 그 사람은 변함이 없었어요. 자신은 항상 중원의 통합을 위해 힘을 쓰고 있다고 말했어요."

"그건 미친 소리가 아닙니까?"

청월이 기어이 한마디 했다.

마령교의 간섭이 아니었다면 무림은 이미 대통합의 길을 걷고 있을 것이다.

그것을 망친 장본인이 무슨 염치로 통합을 입에 담는단 말인가.

"어쩌면… 광기일 수도 있겠죠. 하지만 그 사람은 제가 자신을 이해해 주길 바랐어요. 힘으로 저를 누르려고 한 게 아니었죠."

"청 소저가 잘못 본 겁니다. 그자는 지금도, 앞으로도 용서받을 수 없어요."

청월이 똑 부러지게 말했다.

그의 싸늘한 말에 방은 금세 차가워졌다.

청연화 역시 고개를 떨어뜨린 채 입을 다물었다. 오랜 침묵을 깬 건 바로 청월이었다.

"으으으윽."

그는 고통을 삼키며 침대를 벗어나려 했다.

대혈전을 막아낼 단서를 얻었다.

한시라도 빨리 돌아가 이 사실을 맹에 전달해야 했다.

시간을 맞추지 못한다면 동료들이 목숨을 잃을 수 있었다.

하지만 그는 팔을 헛디뎌 침대에서 떨어질 뻔했다.

"무리하면 안 돼요!"

청연화가 부축해서 그를 다시 침대에 눕혔다.

그녀의 표정은 어느새 선생처럼 엄하게 변해 있었다.

"서둘러야 해요. 안 그러면 정말 큰일이 벌어집니다."

"공자가 건강을 차리지 않으면 그게 더 큰일이에요."

청연화는 힘으로 청월의 어깨를 힘껏 눌렀다.

청월이 이를 쳐내려고 했지만 그녀를 제압할 순 없었다. 그만큼 몸의 상태가 좋지 않은 것이다.

무력한 자신의 모습에 청월은 가슴이 울컥하고 말았다.

시간은 일각을 다투고 있었다.

이렇게 침대에서 한가하게 시간을 보낼 수는 없었다.

"청월 공자는 그런 부류인 거 같네요."

"……"

"남에게는 너그럽고 자신에게는 채찍질하는 부류 말이에요."

청연화의 얼굴에 작은 미소가 어렸다.

할머니의 웃는 얼굴이 연상될 만큼 따뜻한 미소였다. 그녀는 곁에 누운 뒤 청월을 품에 안았다.

"청 소저… 이건……?"

청월의 얼굴이 붉게 달아올랐다.

다 큰 남성이 여성의 가슴에 안기다니 이건 확실히 부끄러운 일이었다.

"이렇게까지 하는데 또 뛰쳐나가겠다고는 못하겠죠?"

청연화가 천천히 말을 이었다. 그녀의 손은 어느새 그의 등을 토닥이고 있었다.

"이런 지경이 될 때까지 열심히 했으니까 조금은 쉬어도 괜찮아요."

그녀의 말이 가슴속에 녹아들었다.

몸부림을 치려 했지만 곧 스르륵 힘이 풀렸다. 말 한마디에 무장 해제를 당하는 것은 오늘이 처음이다.

"자요. 다 잊고."

이제 청연화의 말을 거부하는 것은 불가능했다.

청월은 그녀의 가슴에 얼굴을 묻은 채로 눈을 감았다.

이러고 있자니 할머니에게 안겨 있던 옛날이 떠올랐다.

이러한 순간이 다시 오기를 얼마나 기다렸던가.

그는 곧 새근새근 잠이 들었다.

*　　　*　　　*

창틈 사이로 환한 햇살이 쏟아졌다.

우렁찬 닭 울음소리가 아침을 깨웠고, 부지런한 사람들은 집 근처를 청소하기도 했다.

"……."

청월은 한참을 운기행공에 집중했다.

어젯밤에 시작한 것을 오늘 아침까지 이어가는 중이다.

오랜만에 느껴보는 진기의 흐름에 흠뻑 빠지고 만 것이다.

얼마나 시간이 지났을까.

청월이 번쩍 두 눈을 떴다.

몸 주변에선 공력이 아지랑이처럼 피어올랐고, 전에 입은 부상도 흉터 없이 아물었다.

짧은 휴식으로 완전히 제 힘을 되찾은 것이다.

"할머니의 힘을 톡톡히 보는구나."

청월은 피식 웃으며 몸을 일으켰다.

천도지체가 아니었다면 이만한 회복력을 가질 수도, 이렇게 빨리 공력을 회복할 수도 없었다.

"힘든 일이 있으면 항상 네 할미를 생각해라. 그 여편네는 죽은 게 아니라 네 몸 안에 있다."

문파를 떠나기 진 태청도사가 했던 말이 떠올랐다.

그때는 몰랐지만 그의 말은 하나도 틀린 것이 없었다.

만약 청월 혼자였다면 벅찬 짐을 다 견뎌내지 못했을 것이다.

"이제는 슬슬 준비해야지."

청월은 기지개를 켜며 창문을 활짝 열었다.

서늘한 공기가 머리를 훑으니 정신이 번쩍 들었다.

몸이 회복되었으니 이제는 청연화와 복귀하는 일만 남았다. 부디 그때까지 아무 일도 없으면 좋으련만.

"아침부터 어딜 가신 거지?"

청월은 텅 빈 방을 응시했다.

무아지경에 빠졌던 터라 청연화가 언제 어디로 나갔는지 알 수 없었다.

일단 그녀가 올 때까지 시간을 때워야 할 것 같았다.

그는 책장에 놓인 민담집을 집었다.

마령교의 굴에서 얻은 유일한 물건이다.

이런 것이 어째서 굴에 있었는지는 알 수 없다. 하지만 지금은 꽤 유용한 도구가 되었다.

"참, 오랜만이구나."

할머니가 돌아가신 후 옛이야기를 듣지도 접하지도 못했다. 청월은 미소를 지으며 책장을 넘겨나갔다.

민담집은 작았으며 총 여섯 개의 짧은 이야기가 실려 있었다.

그중에서 청월의 관심을 끈 것은 마지막 민담이었다.

굴에서도 대충 보았지만 거기엔 청월과 같은 능력을 지닌 사령 공자가 등장했다.

그는 사람들의 죽음을 보면 이를 발 벗고 도왔다.

결국 사령 공자는 그 공로를 인정받아 신선이 되어 명계로 향하게 됐다.

"사령안을 쓰는 게… 나 혼자는 아니었네."

청월의 얼굴에 작은 미소가 어렸다.

민담 속 인물이기는 하지만 분명 같은 힘을 쓰는 존재가 있었다.

그것만으로도 큰 위안을 받을 수 있었다.

그동안 청월은 자신 혼자라고 생각했으니까 말이다.

그런데 바로 그 순간이었다.

"어라?"

책을 보고 있는데 묘한 기분이 들었다.

책 너머로 무언가가 붕붕 떠 있는 것이 느껴진 것이다.

헛것을 보고 있나 싶어서 눈을 비볐지만 그것들은 사라지지 않았다.

오히려 선명하게 스스로를 드러냈다.

"오라? 이곳으로 오라?"

청월이 얼빠진 소리로 글을 읽었다.

분명 민담집 내부에는 그런 글귀가 적혀 있지 않았다. 그 글귀는 마치 부력이 작용하는 것처럼 글 위로 떠 있었다.

"……"

눈으로 보고도 믿을 수 없었다.

대개 비밀 서첩은 특수한 용액을 뿌려야 모습이 드러나곤 했다.

하나 이 민담집은 스스로 글씨를 띄우고 있었다. 한마디로 놀랠 노 자였다.

청월은 빠른 속도로 책장을 넘겼다.

이곳으로 오라는 글귀는 매 책장마다 적혀 있었으며, 오직 마지막 장에만 다른 글귀가 적혀 있었다.

그곳에 명시된 것은 바로 장소였다.

태룡산 만리봉 정상에서 백 보 이동할 것.

"그런 뜻이었나?"

청월이 작게 고개를 끄덕였다. 이제야 책이 말하고 싶었던 의도가 파악됐다.

매 책장마다 적힌 이곳으로 오라는 글귀.

그것이 말하는 장소가 바로 마지막 장에 적혀 있었다.

책을 쓴 자가 누군지는 몰라도 본 사람이 이 장소에 오길 바란 것 같았다.

"흐음."

절로 신음이 터졌다.

이 책은 마령교의 비밀 장소에서 얻었다.

책의 비밀 문자 역시 침입자를 거르기 위한 함정일지도 몰랐다.

고민이 깊어가는 사이 청연화가 모습을 드러냈다.

"벌써 일어났어요?"

그녀의 얼굴에 미소가 걸렸다.

청연화는 식탁에 음식을 놓은 뒤 함께 먹자는 신호를 보내왔다. 청월은 그녀와 마주 앉아 식사를 시작했다.

화전민 마을인 만큼 먹을 것이 부실했다.

반찬이라고는 취나물과 멀건 뭇국이 전부였다.

하나 상이 단출해도 그 맛까지 단출하지는 않았다.

취나물은 쌉싸래하게 입맛을 당겼고 뭇국 역시 간이 적당해서 자꾸 숟가락이 갔다.

"맛있는데요?"

"주인장하고 같이 만들어봤는데 다행이네요."

청연화의 얼굴에 수줍은 미소가 떠올랐다.

청월은 수저를 뜨지 못하고 한동안 그녀를 응시했다.

청성파의 여식이 아직 살아 있고 그녀와 함께 식사를 한다는 게 꿈만 같았다.

얼핏 보면 청연화는 이십 대 후반으로 보였다.

불혹에 가까운 여성이라고는 결코 생각할 수 없었다.

시간이라는 놈도 그녀만큼은 빗겨나간 것이 아닐까 하는 생각이 문득 들었다.

"얼굴에 뭐가 묻었나요?"

"아, 아니에요."

청월은 서둘러 식사를 끝냈다.

아침을 해결한 두 사람은 본격적으로 앞으로의 일을 논의했다.

먼저 운을 뗀 것은 청연화였다.

그녀는 걱정스런 눈빛으로 청월을 응시했다.

"아직 약속한 칠 일이 지나지 않았어요. 좀 더 쉬고 가는 게 좋겠어요."

"걱정 마세요. 지금은 기운이 넘치니까요."

청월은 피식 웃으며 말을 이었다.

"그리고 힘이 넘쳐서 몸이 근질근질한 것도 병입니다. 이것도 해결하지 않으면 안 돼요."

"말 한번… 얄밉게 잘하시는데요?"

청연화의 얼굴에 미소가 걸렸다.

그녀가 보기에도 청월은 건강을 거의 다 되찾은 것 같았다.

혈색도 보기 좋게 돌아왔으며 붕대를 감았던 자리도 깔끔하게 아물었다.

무엇보다도 밝게 이야기하는 모습이 마음에 들었다.

"사실 저는 청 소저가 더 걱정입니다."

청월이 한숨을 쉬며 말했다. 그의 얼굴에서 일순간 고뇌가 스쳤다.

"제가요? 뭣 때문인가요?"

"어쩌면 천하맹과 흑룡회가 청 소저에게 책임을 물을 수도 있습니다. 소저가 마령교에 속았다는 걸 양쪽이 순순히 믿어 줄까요?"

청월이 힘겹게 말을 끝냈다.

사정이야 어찌 되었건 그녀는 청성파 비극을 불어일으킨 가장 큰 축이다.

마령교의 존재를 입증한다고 해도 그것만으로 책임을 면하기는 어려웠다.

하나 청월의 말에도 청연화는 전혀 기죽지 않았다.

"걱정해 주셔서 감사합니다. 그래도 가지 않으면 안 돼요."

그녀가 청월을 보며 말을 이었다.

"억울한 건 분명 저만이 아닐 거예요. 세상을 떠난 문파 식구들과 다른 중원 무사들도 피눈물을 흘렸겠죠. 그 아픔을 이젠 제가 끌어안고 싶어요."

"…알겠습니다."

그녀의 말에 청월도 가슴이 울컥했다.

청연화는 마령교주에게 속아 멸문의 아픔을 겪었다.

뿐만 아니라 귀속을 당한 채 과거의 망령으로 잠들어 있었다.

비탄에 젖어도 모자랄 여인이 아픔을 딛고 중원의 비극을 막으려 하고 있다.

마음이 흔들리지 않는다면 그것이 이상한 것이었다.

"청월 공자가 건강하다고 하니까 저도 신세를 질게요."

청연화는 그렇게 말하고 청월의 등에 업혔다.

뭐라고 말할 사이도 없이 자연스럽게 몸을 기댄 것이다.

저번에 나서서 청월을 막았을 때도 그렇고 그녀는 묘하게 주도권을 잡았다.

"앞으로 안는 것보다 이게 편하겠죠?"

"…네."

"그럼 가요."

청연화의 목소리에서는 어쩐지 들뜬 기색이 엿보였다.

맹에 복귀하는 것이 이십 년 만이니 충분히 그럴 수도 있었다.

청월은 숙소를 나선 뒤 곧바로 신법을 밟기 시작했다.

휘이이이이익.

진기는 청량하게 몸을 휘감았으며 지면을 박차는 발놀림도 가벼웠다.

대로 옆으로 늘어선 나무들도 휙휙 뒤로 쓰러져 갔다.

"꽉 잡으세요. 더 빨라질 테니까."

그는 청연화를 힐끔한 뒤 속도에 박차를 가했다.

10장

그들의 사정

　산줄기를 관통하는 강렬한 바람이 있었다.

　바람이 불면 앙상한 나뭇가지와 수풀이 우르르 누웠으며 산새들도 푸드덕 도망치기에 바빴다.

　특이한 점이라면 그 바람이 오로지 길가에만 불었다는 점이다.

　그 바람의 주인공은 바로 청월이었다.

　그는 신법으로 바람을 몰고 다녔다.

　청월과 청연화의 목적은 가까운 마을을 찾는 것이었다.

　마을에선 간단하게 정비를 하고 맹을 향한 최단로를 알아

볼 생각이다.

"잠깐 쉬어요."

청월의 걸음이 둔해졌다.

그는 청연화와 함께 햇볕이 잘 드는 나무 아래에 자리를 잡았다.

'대단해. 전혀 내색을 안 하는걸?'

청월은 힐끔 청연화를 훔쳐보았다.

그녀와 함께 이동을 한 지도 이틀이 지났다. 그런데 청연화는 힘들다는 내색을 한 번도 하지 않았다.

수통을 건네며 농을 하고 때로는 그의 몸을 풀어주려고 안마를 해주기도 했다.

'힘든 건 오히려 청 소저일 텐데.'

그녀의 행동에 감탄하지 않을 수 없었다.

생각과는 달리 신법을 펼치는 것보다 업힌 쪽이 훨씬 더 힘들다.

달리는 쪽은 방향과 속도를 계산하지만 업힌 쪽은 그저 이를 수동적으로 받아내야 한다.

알고 당하는 것과 모르고 당하는 것의 차이는 컸다.

"배는 안 고프십니까?"

"이틀 정도는 거뜬하답니다. 출발하기 전에 엄청나게 먹었으니까요."

청연화가 미소로 화답했다.

그녀의 밝은 태도에 청월은 할 말을 잃었다.

그 비극을 몸소 겪고 살아남았으니 마음만큼은 여느 무사 못지않으리라.

두 사람은 말없이 하늘을 응시했다.

하늘은 구름 한 점 없이 맑고 푸르렀는데 손을 뻗으면 흠뻑 젖을 것만 같았다.

이런 여유를 가진 것은 모처럼의 일이다.

'그러고 보니 참 오랜만이구나.'

청월은 나무에 기댄 채 미소를 지었다.

최근 하늘을 본 것이 언제인지 모르겠다. 그만큼 정신없는 사건들이 연속되었던 탓이리라.

"이것 좀 봐요."

청연화가 호들갑을 떨었다.

그녀는 아이 같은 미소로 한 지점을 가리켰다.

그곳에는 수줍게 고개를 내민 새싹이 자리하고 있었다. 쌀쌀한 겨울에 보기 힘든 초록빛 생명이다.

"이 아이 혼자서 열심히 싸우고 있어요."

"그러게요."

청월 역시 새싹에 따뜻한 시선을 주었다.

고군분투하는 생명체를 보니 왠지 가슴이 짠했다. 그 역시도 생을 지키기 위해 발버둥을 치고 있었으니까.

"이제 곧 봄이 오려나 봐요. 그렇죠?"

"네, 그래야죠."

청월은 잠시 뜸을 들인 뒤 말을 이었다.

"올 겨울은 유난히 길었던 같아요. 어서 꽃과 숲이 만발하는 걸 보고 싶어요."

그는 진심을 담아 말했다.

그리고 중원에 있는 모든 사람도 평화롭게 봄을 맞기를 기원하면서.

"청 소저, 혹시 이 책 한번 봐주실래요?"

청월은 품에서 작은 책을 꺼냈다.

그것은 마령교에서 얻은 민담집이었다.

청연화는 책을 이리저리 살피더니 고개를 갸웃했다. 청월의 취미가 다소 의외라고 느낀 것이다.

"민담을 좋아하시나 보죠?"

"많이 좋아했죠. 그런데 봐주셨으면 하는 부분이 있습니다."

청월은 단숨에 사령 공자 편으로 넘어갔다.

여유가 생기니 책에 대한 의문을 풀고 싶었다. 과연 청연화도 숨어 있는 글귀를 읽을 수 있을까.

"여기를 한번 봐주실래요?"

"네."

청연화가 바짝 곁으로 붙었다.

그녀는 책의 반쪽을 들고 천천히 장을 넘겼다.

눈빛은 금세 진지해졌으며 책을 넘기는 속도도 빨라졌다.

청연화는 반각도 채 되기 전에 이야기를 모두 읽었다.

"여러 의미에서 대단하네요."

그녀는 피식 웃으며 말을 이었다.

"죽음을 볼 수 있는 눈이라니… 그런 상상까지 해낼 줄은 몰랐어요."

"그, 그렇죠?"

청월은 어색한 미소를 지으며 답했다.

청연화는 앞으로도 영영 모르게 될 것이다. 그녀가 상상으로 치부하는 능력을 가진 사람이 바로 눈앞에 있다는 것을 말이다.

"그런데 글씨는 안 보이십니까?"

"무슨 글씨 말이죠?"

"책장 위에 붕붕 떠 있는 글씨 말입니다. 예를 들면 뭐 어디로 오라든가."

청월의 말에 청연화가 어깨를 으쓱했다.

다시 한 번 집중해서 책을 봤지만 특이한 문구는 보이지 않았다.

애초에 민담집에 그런 글귀가 있을 이유가 없었다.

"제 눈에는 보이는 게 없는데요?"

"그렇군요."

청월이 낙담을 하며 대답했다.

지금 이 순간에도 그는 책에 떠오르는 글귀가 보였다.

이곳으로 오라는 축복인지 저주일지 모르는 문구가 말이다.

'나는 보고 청 소저는 못 보는 이유는 뭐지?'

청월은 한동안 뚫어져라 책을 응시했다.

그런데 바로 그때였다. 한줄기 바람이 불면서 청연화의 머리가 청월 쪽으로 흩날렸다.

"……."

청월은 무언가를 깨달았다.

청연화와 자신을 가르는 가장 결정적인 차이를 말이다. 그 이유는 바로 사령안이었다.

청월은 사령안을 가린 채로 책을 보았다.

'안 보여!'

방금 전까지 보였던 글씨가 완벽하게 사라졌다.

그의 추측이 들어맞은 것이다. 다시 사령안을 사용하니 글귀가 금세 떠올랐다.

숨겨진 글을 읽는 열쇠는 바로 사령안이었던 것이다.

이 놀라운 의미를 어떻게 받아들어야 할까. 청월은 책을 덮고 그 뜻을 음미했다.

'이 책의 저자는 사령안을 가지고 있어. 그렇지 않으면 이런 글을 남길 수 없겠지.'

청월은 그렇게 결론을 냈다.

문제는 그가 어떤 의도로 이런 글을 남겼냐는 것이다.

이를 확인하기 위해선 마지막 장에 있는 장소로 가보는 것 외엔 도리가 없었다.

'대혈전을 무사히 잠재우면 그때 가보자.'

청월은 책을 덮고 품에 넣었다.

책의 저자가 누구인지 궁금했지만 지금은 해결해야 할 일이 있었다.

그는 몸을 일으킨 뒤 청연화에게 손을 내밀었다.

"다시 가볼까요?"

*　　　*　　　*

삼 일 뒤.

청월과 청연화는 향남이라는 도시에 도착했다.

향남은 서안 북부지방에 위치한 곳으로 북쪽으로는 넓은 평야가, 남쪽으로는 산청산맥이 펼쳐졌다.

자연 지리가 좋아 인근이 모두 곡창지대였으며, 도로가 잘 정비돼서 물자 수송도 편리했다.

"오랜만이에요, 사람 구경하는 거."

청연화가 미소를 지으며 주변을 훑었다.

대로를 따라 양옆으로 늘어선 상점들.

짐마차가 굴러가면서 나는 경쾌한 바퀴 소리와 색색의 옷을 챙겨 입은 행인들.

그 모든 것이 꿈속의 광경 같았다.

그녀는 몇 십 년간 만천문 인근의 호수만 맴돌았다.

"아직 경계를 풀기엔 일러요."

청월은 좀 더 신중하게 접근했다.

향남과 만천문 사이의 거리는 그다지 멀지 않았다.

마음먹고 달린다면 칠 일이면 도착할 거리였다.

최악의 경우를 상정하면 그들은 이미 이곳에 끄나풀을 숨겼을지도 몰랐다.

여러모로 조심하지 않으면 안 됐다.

"일단 갈 곳이 있습니다."

청월이 앞장서서 걸었다.

그의 걸음은 중앙 광장을 지나 마을 동쪽 편으로 향했다. 그곳은 공방이 모여 있는 곳으로 칠성거리라고 불렸다.

땅땅땅땅!

거리에 들어서자마자 모루 소리가 귀를 괴롭혔다.

몇몇 장인은 풀무질을 하며 화덕을 덥히고 있고 몇몇은 삼삼오오 모여 곰방대를 물고 있다.

공방 거리는 장터만큼이나 역동적인 곳이다.

두 사람은 수소문 끝에 철문방이라는 공방에 도착했다.

장인은 때마침 한 자루의 검을 담금질하고 있었다. 달구어진 검이 물에 닿자 뿌연 김을 뿜어냈다.

"검을 사고 싶어서 온 건가?"

장인 운문기가 눈짓을 했다.

"네. 그런데 조금 특이한 검을 생각하고 있습니다."

청월은 그에게 선풍검과 같은 형태의 검을 주문했다.

평시에는 일체형이지만 원하면 분리할 수 있는 특수한 검을 말이다.

두 자루의 검을 들고 다니는 건 번거로웠다.

또한 그가 쌍검술을 쓴다는 사실도 많이 퍼져 있다.

정체를 숨기기 위해서라도 두 자루를 소지할 순 없었다.

"그런 거라면 주문 제작을 해야 하는데… 최소한 열흘 정도는 필요해."

운문기의 말에 절로 한숨이 나왔다.

검을 위해 열흘을 지체할 수는 없었다.

그렇게 되면 천하맹과 흑룡회의 혈전이 펼쳐진 후가 될 것이다.

청월은 선풍검의 공백을 뼈저리게 느꼈다.

"그러면 일단 한 자루만 사겠습니다."

"…잠깐만요. 저도 한 자루 주세요."

가만히 있던 청연화가 한마디 했다. 이에 두 사람의 시선이 그녀에게 집중되었다.

"청 소저도 검술을 익혔나요?"

"제가 청성파에 있었다는 걸 잊지 마세요. 실력이 녹슬긴 했지만 호신 정도는 할 수 있습니다."

그녀는 눈을 찡긋한 뒤 말을 이었다.

"그리고 위급할 땐 제 검을 청월 공자에게 드려도 되잖아요. 안 그래요?"

"아… 네."

청월이 작게 고개를 끄덕였다.

그는 그제야 그녀의 속뜻을 이해했다.

아마도 청연화는 청월을 배려해서 검을 갖겠다고 한 것이리라.

그런 부분까지 고려한 걸 보면 여러모로 속 깊은 여인이다.

두 사람은 검 두 자루와 소도 하나를 챙긴 뒤 공방을 나왔다.

"이제부터는 어떻게 하실 생각이죠?"

청연화가 운을 뗐다.

"하루라도 빨리 맹에 복귀해야 합니다. 맹주님께선 사십일의 기한을 주셨는데 이미 그 기간을 넘겼어요. 그사이 무슨 일이 벌어졌을지 모릅니다."

청월의 얼굴에 근심이 서렸다.

약속한 기일을 맞추지 못한 것이 마음에 걸렸다.

더군다나 향남에서 천하맹까지의 거리도 상당했다.

맹에 도착할 시간까지 더하면 약속한 기일을 십 일이나 어기는 셈이 된다.

"우선 천하맹 소식을 들어보는 게 좋겠습니다."

청월은 중원의 정세를 파악한 뒤 곧바로 복귀하리라 마음먹었다.

그가 없는 사이 맹에서는 과연 어떤 일이 벌어졌을까. 혹시 이미 모든 게 시작된 건 아닐까.

그런 생각을 하면 가슴이 두근거리고 속이 울렁거렸다.

그들은 마을 주변을 둘러보다가 개방의 거지를 발견했다.

그의 허리에는 두 줄의 매듭이 지어져 있는데 이것이 개방거지의 계급을 나타내는 결이었다. 이결이라면 최소한 삼 년 이상 걸식을 한 거지였다.

"이야, 정말 기가 막힌 선남선녀십니다. 두 분을 위해 타령이라도 한 곡조 뽑아볼깝쇼?"

거지 개화자가 둘을 보며 희희낙락했다.

옷차림을 보아하니 개시를 화려하게 할 수 있을 것 같았다. 그는 표주박을 들고 몸을 들썩일 준비를 했다.

"다른 게 아니고 물어볼 것이 있습니다."

청월이 품에서 엽전 두 냥을 꺼냈다.

슬쩍 손짓했을 뿐인데 엽전이 정확하게 표주박으로 빨려 들어 갔다.

개화자의 입이 찢어질 듯이 벌어졌다.

"암요. 무엇이든 물어보세요. 다리를 물어도 좋고 팔을 물어도 좋습니다."

개화자는 그런 농담을 하며 실실 웃었다.

"혹시 천하맹에 대한 소식을 얻을 수 있을까요?"

"천하맹이요? 제가 잘못 들은 건 아니겠죠?"

"네, 천하맹의 동향을 알고 싶습니다."

청월의 말에 그는 어안이 벙벙해졌다.

유리걸식을 한 지 오 년이 지났지만 이런 질문은 처음 들었다. 사람들이 원하는 정보란 보통 구체적인 것이다.

어떤 인상 차림의 사내를 봤는가, 어디서 어디를 가는데 가장 빠른 길은 어디인가.

거지에게 묻는 질문이란 보통 이 정도였다. 그런데 청월은 그런 상식을 뛰어넘었다.

"예를 들면 무사들이 우르르 맹을 빠져나갔다던가, 아니면 어디서 싸움이 벌어지고 있다는 정도 말입니다."

청월이 개화자의 표정을 보고 말을 덧붙였다.

하지만 개화자의 표정은 점차 딱딱하게 굳어 석상이 될 지경에까지 이르렀다.

"그런 건 왜 물어봅니까?"

친절함이 감돌던 말투에 가시가 돋았다.

눈빛 역시 좀 전과 달리 차가워졌다. 아무래도 청월의 행동은 수상하기 짝이 없었다.

"당신, 흑도(黑道) 사람 아니야?"

결국에 호칭까지 바뀌고 말았다.

개화자는 성난 얼굴로 몸을 일으켰다. 미약하지만 몸 주변으로 공력도 뿜어지고 있었다.

"오해하지 마세요. 저는 천하맹의 무사입니다."

"어쭈, 이놈 봐라? 너 아주 딱 걸렸다."

개화자가 소매를 걷은 뒤 손바닥에 침을 뱉었다. 스스로 무덤을 파주니 오히려 고마울 정도이다.

삐이이이이익.

호각을 부니 먼지가 일어날 정도로 부리나케 거지들이 집결했다.

그 수는 무렵 이백여 명에 달했는데, 그들은 청월 주변을 동그랗게 감쌌다.

"청월 공자, 이게 어찌 된 일이죠?"

청연화가 불안한 듯 기대왔다.

거지라고는 하지만 숫자가 주는 위압감은 결코 무시할 수 없었다.

타구진이라도 펼쳐진다면 더욱 골치가 아프리라.

"이 미친놈아, 천하맹 소속의 무사가 왜 천하맹 소식을 물어? 그게 말이 된다고 생각해?"

"비밀 임무를 수행 중이에요."

"비이미이일? 귀신 씻나락 까먹는 소리 하고 앉았네. 상황이 일각을 다투는데, 새파랗게 어린 너희 둘에게 비밀 임무를 내렸다고?"

개화자는 어처구니가 없었다.

이런 어설픈 변명으로는 동네의 똥개도 설득하지 못할 것이다.

개화자의 말에 거지들이 더욱더 흉흉한 기운을 뿜어냈다.

한번 물면 놓지 않는다. 그것이 바로 이곳 향남 분타의 신조였다.

"믿어주십시오. 저는 결코 거짓을……."

청월은 말을 다 잇지 못했다.

근처에 있던 거지들이 우르르 접근하고 있었던 것이다.

그들은 개방이 자랑하는 타구진, 그중에서도 삼백 인이 참여하는 타구진인 만상진을 펼쳤다.

청월과 거지들은 팽팽한 기세로 마주했다.

'젠장. 이건 또 뭐야?'

그의 얼굴이 종잇장처럼 구겨졌다.

설상가상이라고 해야 할까.

그를 덮치는 거지들의 몸에는 그야말로 죽음이 한 가득이었다.

오해를 산 것도 불편하거늘 이들에 죽음까지 보게 되다니.

상황은 그야말로 꼬일 대로 꼬이고 말았다.

"저놈 잡아라."

"탈탈 털어서 점심 해결하자."

거지들이 악을 쓰며 달려들었다.

전방에서는 권을 익힌 거지들이 접근했다.

그들의 권은 무척 강맹했는데, 거기에 취할 듯이 흘러가는 신법이 가미되니 위력이 더욱 증폭되었다.

그들 뒤로는 타구봉을 든 거지들이 있었는데 청월이 조금이라도 틈을 주면 죽봉을 찔러댔다.

끝부분을 손봐서 그런지 봉 끝이 칼날처럼 예리했다.

"우와와와와와와!"

마지막 후미에는 신법과 고함을 질러대는 거지들이 있었다.

그들의 역할은 상대의 시각과 청각을 방해하는 것이었다.

그나마 다행인 점은 거지들이 청연화는 공격하지 않는 정도랄까.

청월의 얼굴이 사정없이 구겨졌다. 그가 바란 것은 이런 그림이 아니었다.

오해를 풀지 않으면 일은 더욱 복잡해지리라.

그는 비쾌한 신법과 검법으로 거지들과 맞섰다.

전투는 무려 일각 가까이 지속되었으며 양상도 무척 팽팽했다.

무력의 우위는 물론 청월에게 있었다.

하나 거지들은 머릿수로 이를 극복해 나갔다.

전방의 거지가 부상을 입으면 뒷사람이 앞으로 나섰다.

거지의 수가 무려 이백이나 됐으니 몇몇의 부상은 티도 나지 않았다.

"받아라, 이 더러운 흑도 놈아!"

"거지의 참맛을 보여주마!"

거지들의 공격이 일순간에 집중되었다.

그들은 개방이 자랑하는 파옥권과 백결신장으로 청월을 압박했다.

이번 공격만큼은 청월도 간단하게 피할 수 없었다.

"풍뢰섬."

청월은 발도술의 이치를 가미하여 주변을 크게 베어나갔다.

순간 허공에 커다란 원형 궤적이 그려졌고, 강력한 풍압이 주변을 삼켰다.

"으아아아악!"

전방의 거지들이 풍압을 견디지 못하고 몇 장을 날려갔다.

청월은 그 틈을 타 청연화에게 전음을 보냈다. 더 이상 시간을 지체할 수 없었다.

오해를 풀고 서둘러 맹에 가지 않으면 안 되었다.

휘이이이이이익!

청연화의 손에서 검이 떠났다.

청월이 손을 뻗자 검이 저절로 검집을 벗어났다.

격공섭물로 검을 당겨온 것이다. 그는 오랜만에 쌍검을 쥐고 양단세를 취했다.

양손 가득한 검의 감촉이 그를 기쁘게 했다.

"…저놈이 설마……."

"정말 화룡천이 나타난 건가?"

거지들이 경계하는 태도를 보였다.

중원에서 쌍검술로 유명한 이는 혈귀 화룡천뿐이었다. 상대가 그라면 거지들 모두가 덤벼도 당하지 못하리라.

싸늘한 바람과 함께 공터에 정적이 찾아왔다. 그런데 바로 그때였다.

삐이이이이익!

귀를 때리는 호각 소리와 함께 한 거지가 나타났다.

그는 염소수염을 한 중년인이었는데 다른 거지들보다도 상거지 꼴이었다.

"네 이놈!"

취걸개는 성큼성큼 다가가 개화자의 귀를 잡아당겼다.

개화자는 이를 이기지 못하고 비명을 질렀다. 그것은 마치 행인에게 발길질 당한 개의 울부짖음과도 흡사했다.

"소집 명령 함부로 내리지 말라고 했지? 게다가 내 허락도 없이 타구진을 펼쳐?"

"에구구구! 스승님, 하지만 다 그럴 만한 이유가 있습니다."

"그게… 정말이냐?"

취걸개가 못마땅하다는 듯 눈썹을 치켜떴다.

"저기 저놈 말입니다. 저놈이 바로 흑도의 개입니다. 개방의 거지가 어찌 개를 가만둔단 말입니까?"

"……"

개화자가 청월을 훑었다. 행인을 보는 듯한 무심한 시선이다.

"게다가 저놈은 쌍검술을 썼습니다. 화룡천이거나 그놈의 제자일 수도 있습니다."

"에라이, 멍청한 거지 놈아. 거지 망신은 네가 다 시키는구나."

그는 제자의 머리통에 매콤한 손속을 썼다.

이에 개화자가 다시금 비명을 질렀다. 눈에서 찔끔 눈물이 흘렀다.

"혹시 천룡단의 청월 공자 아닙니까?"

취걸개의 말에 거지들이 술렁거렸다.

그들도 개화자처럼 청월을 흑도로 보았다. 그런데 분타장은 그러한 판단을 백팔십도 뒤집었다.

"그걸 어찌 아셨습니까?"

청월이 놀라 되물었다.

"거지 밥 몇 년 먹으면 한 번에 보이는 게 있지요."

취걸개가 누런 이를 드러내며 웃었다. 그는 개화자의 귀를 잡아당기며 말을 이었다.

"타구진을 펼친 중에 큰 부상을 입은 놈이 있느냐?"

"……."

개화자는 답을 하지 못했다.

쓰러진 거지들은 대부분 풍압에 정신을 잃거나 서로 엉켜 부상을 입었다.

"그리고 전에 분명히 말했다. 이젠 정파에서도 쌍검술을 사용하는 사람이 있다고 말이야.

"……."

"너 그때 졸았지?"

취걸개의 말에 개화자의 표정이 새파랗게 질렸다.

이쯤 되면 그에게 연민이 들 정도이다. 하지만 취걸개의 갈굼은 거기서 끝나지 않았다.

"설령 상대가 혹도로 보였어도 말이다. 전투를 보고 중간에 말렸어야지, 요놈아."

"죽을죄를 지었습니다. 소인배라서 공자를 알아보지 못했습니다."

개화자가 넙죽 엎드려 절을 했다.

"그렇게까지 하실 필요 없습니다. 저도 의심을 살 행동을 했으니까요."

"…하긴 그렇죠?"

개화자가 배시시 웃었다.

개진의 여지가 없는 미소에 취걸개는 제자의 정강이를 발로 찼다. 오래 살다 보니 확실히 매가 약인 때가 있었다.

"일단 조용한 곳에서 이야기해 볼까요?"

취걸개가 앞장서서 걷기 시작했다. 청월과 청연화는 그 뒤를 따랐다.

다 허물어져 가는 낡은 초가집.

지붕이 반쯤 무너져 방에서도 하늘이 보였다.

구석에는 술병들이 굴러다녔으며 벽에 손가락을 대니 검은 먼지가 묻어났다.

과연 개방의 소굴다운 모습이었다.

"그런 일이 있었군요."

취걸개가 깊은 신음을 뱉었다.

그는 방금 막 청월과 청연화의 사정을 들었다.

그들이 만천문이라는 중소 방파에서 겪었던 일과 앞으로 해야 할 일들에 대해서 말이다.

침묵이 흐르는 가운데 누룽지 차의 하얀 김이 흔들렸다.

"훌륭한 일을 하신 건 분명하지만……."

취걸개의 눈동자가 흔들렸다. 그는 청월의 표정을 살피더니 조심스럽게 말을 이었다.

"지금 천하맹에 간다고 해도 늦었습니다."

"그 말씀은……."

"그렇습니다. 흑룡회를 물리치는 이른바 사생취의 작전이 실행되었습니다. 천하맹에 남은 것은 소수의 방어 병력뿐이지요."

취걸개의 표정에 아쉬움이 묻어났다.

청월이 조금만 빨리 도착했더라도 이번 작전은 취소될 수 있었다.

하나 엎질러진 물을 담으려 해봐야 헛수고다.

그는 이번 작전을 구체적으로 설명해 주었다.

천하맹 인원이 쪼개져서 서장과 신강을 공략한다는 것, 그리고 신강 쪽 병력은 사실상 미끼라는 것을 말이다.

"이런, 늦었다니……."

구체적인 계획을 들으니 이차 대혈전이 더욱 피부를 찔러왔다.

문득 현기증이 일었다.

머리는 빙글빙글 돌고 속이 울렁거렸다.

그토록 막으려 했던 비극이 시작되었다니 믿고 싶지도 믿기지도 않았다.

"다른 방법이 없을까요?"

침묵을 지키던 청연화가 나섰다. 그녀의 시선에 취걸개가 다시 한숨을 내쉬었다.

"현재로써는 없습니다. 천하맹의 간부는 대부분 서장으로 이동했지요. 마령교의 존재를 입증한다고 해도 천하맹에서는 불가능합니다."

"그럼… 우리가 서장으로 가면 되는 겁니까?"

청월이 한마디 했다.

지금 상황에서 기댈 수 있는 방법은 그것뿐이었다.

두 사람이 격전지로 이동해 마령교를 증명하면 되는 것이다.

"그런 방법이 있지만……"

"어떤 문제가 있는 거죠?"

"가장 중요한 건 역시 거리겠지요. 향남에서 서장까지의 거리를 생각해 보세요. 신법을 펼쳐도 이십 일은 걸릴 겁니다."

취걸개가 씁쓸한 표정으로 말했다.

천하맹은 이번 작전에서 칼을 뽑아 들었다.

이십 일이면 어떤 식으로든 결판이 날 수밖에 없었다. 그들이 도착했을 때는 이미 늦고 만다.

"분타장님!"

청월의 눈빛이 취걸개에게 고정되었다. 청월의 눈빛에는 아직 희망의 불꽃이 꺼지지 않았다.

"서장까지 가는 가장 빠른 길이 무엇입니까?"

"……"

"알고 계시다면 말씀해 주세요. 가족과 동료들이 죽을지도 모르는데 가만히 있을 순 없습니다."

청월이 간절하게 말했다.

포기할 수 없었다.

여기까지 와서 포기할 수는 없었다. 무엇을 위해 피를 흘리고 눈물을 흘리며 중원을 누볐던가.

"한 가지 길이 있기는 하지만……."

취걸개가 뜸을 들인 뒤 말을 이었다.

"그곳은 무덤으로 향하는 길입니다. 죽음을 각오한다면 말씀드리지요."

"…말씀해 주세요. 제 일신을 위했다면 애초에 만천문에 가지도 않았을 겁니다."

"휴우우우우우."

취걸개는 천장을 보며 입김을 토해냈다.

그도 더 이상은 청월의 패기를 막을 수 없었다.

"좋습니다. 대신 두 가지 조건을 지켜주시죠."

"조건이라면……."

"하나, 반드시 살아서 돌아오십시오. 망령이 돼서 저를 괴롭히지 말란 말입니다."

그가 피식 웃으며 말을 이었다.

"둘, 앞에 놓인 누룽지 차를 모두 드셔야 합니다."

"감사합니다, 분타장님."

청월은 고개를 숙여 인사했다.

청월과 청연화가 차를 비우자 취걸개가 흡족한 미소를 지었다.

"지금부터 두 분은 철원산맥을 넘어야 합니다."

취걸개의 설명이 이어졌다.

현재 천하맹의 정예는 서장을 향해 진군하고 있었다.

이곳 향남에서 서장까지 가는 빠른 길, 그것은 바로 철원산맥을 관통하는 것이었다.

철원산맥은 산세가 험준하고 가팔랐으며 길 역시 매우 복잡했다.

웬만한 상단이나 보부상도 이곳을 통과하는 걸 꺼렸다.

"그리고 무엇보다 중요한 것은……."

취걸개는 두 사람을 보며 말했다. 가라앉은 눈빛은 결코 좋은 소식을 전하려는 것이 아니었다.

"산맥이 철혈문의 수중에 있다는 것입니다."

"철혈문이라고 하면 흑도 무리입니까?"

"그렇습니다. 철혈문은 흑룡회에 소속된 문파 중에서 두 손가락에 꼽히는 곳이죠."

분타장의 말이 그의 머리를 때렸다.

그는 신음을 뱉으며 고개를 떨어뜨렸다.

취걸개가 아까 전에 꺼냈던 말, 무덤으로 가는 길이라는 것은 결코 허언이 아니었다.

흑룡회의 세력권에서 문제를 일으켰다간 누구의 도움도

받을 수 없다.

쥐도 새도 모르게 세상을 떠날 수 있었다.

"위험 부담은 크지만 거리는 확실히 단축할 수 있습니다. 우회하지 않으니 육로보다 십 일은 더 빠를 겁니다."

"…알겠습니다."

청월이 결심했다는 듯 무릎을 쳤다.

상황이 이쯤 됐으면 죽이 되던 밥이 되던 달려들 수밖에 없었다.

지금은 천하맹과 흑룡회의 오해를 풀 수 있는 중요한 순간이었다.

무슨 수를 써서라도 산맥을 통과하지 않으면 안 됐다.

"그럼 지도를……."

취걸개는 차마 말을 다 잇지 못했다.

"끄아아아!"

바깥에서 끔찍한 비명이 터졌던 것이다.

비명은 처절했으며 귀가 따가울 정도로 이어졌다.

세 사람은 서둘러 방을 나섰다.

"……."

말을 잃었다.

바깥의 상황이 그만큼 좋지 않았던 것이다.

거지들은 타구진을 치고 집 주변을 보호하고 있었고, 반대

편에는 흑의를 입은 사내들이 흉흉한 살기를 뿜어냈다.

방금 막 접전을 벌였는지 거지와 흑의인 몇몇이 바닥에 뒹굴고 있었다.

그들이 엉킨 사이로 불길한 느낌의 핏물이 흘러내렸다.

'역시… 이거였나?'

청월은 입술을 꽉 깨물었다.

거지들에게 단체로 죽음이 뜬 것이 이상했다. 이제 보니 그들은 마령교도에게 죽임을 당할 운명이었다.

"씹어 먹을 놈아. 내가 보고 싶지 않았나?"

한 중년인이 이죽거리며 거리를 좁혔다.

만천문에서 본 수라검 용해였다.

그는 검지로 자신의 얼굴을 가리켰다. 그의 얼굴에는 사선 모양의 기다란 검상이 남아 있었다.

천풍섬에 당한 상처였다.

"상처가 쑤셔서 도통 잠이 안 오더군. 네 몸통을 갈기갈기 찢고 편히 자겠다."

용해가 도약한 뒤 허공에 검을 뿌렸다.

동시에 성인의 팔뚝만 한 검강 다발이 토해졌다. 검강이 노린 것은 물론 청월이었다.

'이런 상황에서 검강을 쓰다니…….'

청월의 얼굴이 종잇장처럼 구겨졌다.

그는 검을 정면으로 내민 뒤 공력을 불어넣었다. 이윽고 뿌연 막이 청연화와 취걸개를 감쌌다.

쿵쿵쿵쿵쿵쿵쿵쿵!

검막과 검강이 충돌하면서 커다란 폭음이 터졌다.

희뿌연 연기가 하늘로 치솟았으며 후폭풍이 주변을 집어삼킬 듯 불어 닥쳤다.

"눈앞에 있는 것들을 모두 죽여라!"

"존명!"

용해의 말에 흑의인들이 우르르 달려들었다.

그들은 암월무천대라는 이름의 마령교 정예였다.

이들은 청월을 잡기 위해 본격적으로 이빨을 드러냈다.

"네놈, 결코 무사하지 못할 것이다."

"계집, 너도 마찬가지야."

거령도 대만운과 귀혈자 마제필 역시 달려들기 시작했다.

일전에 보았던 십귀존 중에 무려 셋이나 추적조에 포함된 것이다.

청월은 정신이 아득해지는 것을 느꼈다.

타구진이 아무리 강력하다고 해도 이만한 인원과 고수를 감당할 수는 없었다.

그는 심호흡을 한 뒤 청연화에게 검을 받았다.

'더 이상은 안 돼.'

지켜볼 수가 없었다.

자신으로 인해 거지들이 피를 흘리며 비명을 토해내고 있었다.

한 명이라도 더 구해내지 않으면 안 됐다.

그는 양단세를 취하고 공력을 불어넣었다.

우우우우웅!

쌍검이 빛을 토해내며 몸을 떨었다. 싸울 준비가 됐음을 알리는 것이다.

청월의 얼굴에도 비장함이 감돌았다.

"이곳은 우리에게 맡기고 빨리 떠나십시오."

취걸개가 청월의 앞을 가로막았다.

"안 됩니다. 개방도가 목숨을 잃는 건 저 때문이에요. 모른 척할 수 없습니다."

"지금 중요한 건 그게 아닙니다."

"……."

"청월 공자가 서장에 가지 않으면 더 많은 무사가 피를 흘릴 겁니다. 그 꼴을 꼭 봐야겠습니까?"

취걸개의 어조가 높아졌다.

그는 청월의 어깨에 손을 얹었다. 눈빛은 단호했지만 동시에 슬픈 체념의 기운도 깃들었다.

"눈앞에서 죽어가는 사람도 구하지 못하는데 어찌 더 많은

사람을 구할 수 있단 말입니까?'

청월 역시 흥분하여 얼굴이 빨개졌다.

사람을 살리기 위해 검을 들었다. 이들을 두고 내뺀다는 것은 결코 있을 수 없었다.

짜아아아악!

취걸개가 청월의 볼을 세차게 후려쳤다. 이로 인해 청월의 몸이 크게 휘청거렸다.

"감상에 빠질 때가 아니다."

그는 얼굴을 찌푸리며 말을 이었다.

"네가 할 일은 서장에 가서 마령교의 존재를 알리는 것이야. 여기서 머뭇거릴 틈이 없어."

"……."

"그리고 우리는 너를 위해 죽는 게 아니다. 대의를 위해 몸을 바치는 것뿐이지."

취걸개는 방구석에 두었던 타구봉을 들었다. 죽봉 끝이 철이라도 벨 것처럼 예리해 보였다.

"아까 전의 약속은 지켜라."

그 말이 끝이었다.

취걸개가 용수철처럼 튀어 나갔다. 그는 타령을 부르며 거지들을 손수 이끌어 나갔다.

"분타장님이 오셨다."

"흑도 놈들을 개처럼 두들겨 패자."

거지들의 함성에 주변이 떠나갈 듯했다. 그들은 금세 기력을 회복하고 흑도인들과 맞섰다.

"청월 공자."

청연화의 시선이 청월에게 고정되었다.

무언가 말을 더 해주고 싶었지만 차마 입 밖으로 내지 못했다.

"얼어 죽고 굶어 죽는 게 거지잖아요. 그러니까 신경 쓰지 말죠."

그는 청연화를 안은 뒤 쏜살같이 도시를 빠져나갔다.

향남의 개방도는 곧 전멸했고, 청월은 반나절을 벌었다.

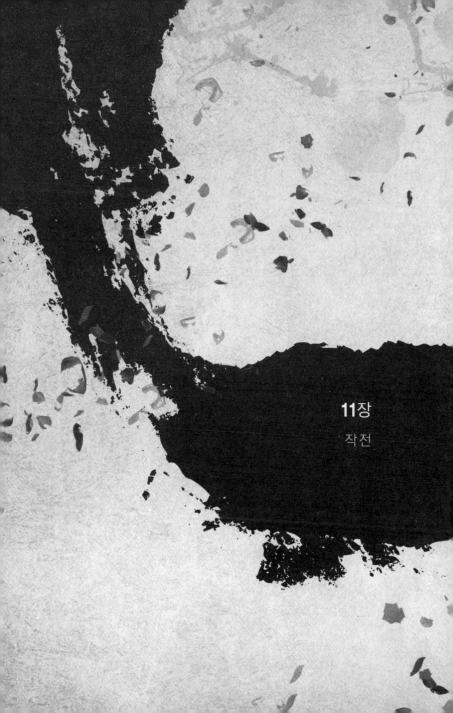

11장

작전

청월은 달리고 또 달렸다.

발바닥에 불이 났고 숨이 턱 끝까지 찼지만 멈추지 않았다.

이렇게라도 하지 않으면 아픔을 달랠 길이 없었다.

의식이 또렷해지면 개방도가 피를 흘리던 모습이 떠올랐
고, 이것이 매섭게 가슴을 찔렀다.

청월조차도 마령교의 장로들을 감당하지 못했다.

개방도가 분발했다고 해도 반 시진도 넘지 못해 전멸했으
리라.

'당신들의 희생, 결코 헛되이 하지 않겠어요.'

청월은 입술을 꼭 깨물며 다짐했다.

무슨 수를 써서라도 반드시 서장에 닿고 말 것이다. 그때까지는 살아도 산 것이 아니었다.

얼마나 달렸을까.

저 멀리에 웅장한 산맥이 모습을 드러냈다.

산맥의 봉우리는 물결처럼 굽이쳤으며 정상 부근에는 뿌연 안개가 끼어 있다.

정비되지 않은 산길은 거칠어 보였고 곳곳에 경사진 절벽들이 펼쳐졌다.

"죄송해요. 괜히 저 때문에."

청월은 미안한 표정으로 청연화를 내려주었다.

폭주하며 신법을 밟은 터라 그녀가 큰 고통을 겪었다.

강력한 풍압과 충격을 견뎌내기가 여간 괴롭지 않았다.

"청월 공자가 겪었을 고충을 생각하면 아무것도 아니죠."

청연화가 대수롭지 않다는 듯 말했다.

그녀는 소매로 청월의 눈가를 훔쳐 주었다.

그가 신법을 밟던 중 때때로 울었기 때문이다.

그의 눈물에 맞을 때마다 그녀는 가슴이 무너지는 것만 같았다.

어째서 하늘은 이 청년에게 이리도 무거운 짐을 주었단 말인가.

"…감사합니다."

"그런 말 마세요. 우린 한 배를 탔으니까."

청연화는 작게 미소 지었다.

두 사람은 산맥 초입부에서 잠시 쉬기로 했다.

해가 지면서 황금빛 석양이 산줄기를 물들였다.

바람은 더욱 쌀쌀해졌으며 달과 별이 깨어나기 시작했다.

청월은 나무에 기댄 채 눈을 감았다.

지금은 그저 아무 생각 없이 침잠해 있고 싶었다. 모든 감정과 생각을 놓아버리고 싶었다.

제정신으로 있으면 오히려 모든 게 망가질 것 같았다.

청연화 역시 그의 기분을 읽고 말을 걸지 않았다.

그렇게 시간은 흐르고 흘렀다.

땅거미가 내려앉자 밤벌레들이 하나둘 목청을 뽐냈다.

침묵이 깊어가는 가운데 청월이 마침내 눈을 떴다.

하나 눈빛은 평소와 달리 날카롭고 매섭기 그지없었다. 그는 검을 준 뒤 몸을 일으켰다.

휘이이이이이익.

비도가 사방에서 뿌려졌다. 비도는 날카로웠으며 청월과 청연화의 급소만을 노렸다.

인근에 자객이 숨어 있었던 것이다.

"어림없다."

청월이 재빠르게 검을 놀렸다.

그의 검이 번뜩이면서 허공에 열십자를 그렸다. 비기 중 하나인 열풍섬을 사용한 것이다.

날아오던 비도들은 힘을 잃고 그 자리에 떨어져 내렸다.

한차례의 접전 후 싸늘한 정적이 흘렀다.

'나무 뒤에 두 명, 수풀에 세 명이다.'

청월은 자객의 수를 단번에 파악했다.

바람결에 흘러드는 살의를 느낀 것이다. 위치를 알았으니 더 이상 망설일 이유가 없었다.

그는 신법을 밟으며 수풀 쪽으로 접근했다.

"……."

시선이 마주치는 순간 복면인의 눈이 휘둥그레졌다.

자객인 그보다도 청월이 훨씬 빨랐던 탓이다.

소도로 선공을 잡으려 했지만 때는 이미 늦었다.

그는 청월에 칼등에 머리를 맞고 기절했다.

"너희가 접근하는 건 진작부터 알았다. 사정권에 두기 위해 일부러 모른 척했던 거지."

청월은 그야말로 바람처럼 움직였다.

그는 반각도 되기 전에 남은 자객들을 모두 제압했다.

"마령교의 끄나풀인가?"

청월의 질문에 한 자객이 콧방귀를 뀌었다. 그는 얼음장 같은 시선으로 청월을 노려봤다.

"곧 죽을 놈이 심문을 하겠다는 건가?"

"다시 묻는다. 마령교의 끄나풀인가?"

청월이 다시금 질문했다.

그의 검끝이 자객의 목울대 앞에서 멈췄다.

하나 자객은 눈썹 하나 까딱하지 않았다. 오히려 청월이 안 쓰럽다는 듯 혀를 찼다.

"그렇다면 어떻게 할 거지?"

자객은 어깨를 으쓱하더니 말을 이었다.

"네놈이 이곳에 올 거라는 건 사전에 예측했다."

"……."

태연한 척하려 했지만 그럴 수가 없었다. 청월은 자신도 모르게 얼굴을 찌푸렸다.

"허세 부려도 소용없어."

"과연 그럴까? 그거야 산을 올라보면 알겠지. 그때 네놈의 표정이 어떨지 궁금하군."

자객이 키득키득 웃음을 터뜨렸다.

그는 청월이 가여워 특별히 알고 있는 것을 말해주었다.

청월이 만천문을 벗어난 이후부터 마령교는 그의 동선을 예의 주시했다.

그가 천하맹이나 흑룡회와 접촉하면 마령교가 역공을 당

할 수도 있었으니까 말이다.

간부들은 오랜 회의 끝에 그가 철원산맥으로 올 것이라 예상했다.

두 번째 대혈전이 막 펼쳐지려는 지금,

청월이 무슨 수를 써서라도 빠른 길을 택할 것이라 판단한 것이다.

"아직 완전하지는 않지만 산맥에는 흑륜지망이 펼쳐졌다. 산맥을 넘어가는 건 당연히 불가능해. 그렇다고 여기에 있으면 추적조에게 당하겠지. 크크크큭."

그는 조소를 띠며 말을 이었다.

"정의로운 나리께서는 과연 어떤 판단을 할까?"

"…알고 싶은가?"

"물론이지. 벌써부터 귀가 간질간질한걸."

"원한다면 들려주지."

청월은 거리를 좁힌 뒤 그에게 귓속말을 했다. 말을 듣는 자객이 몸을 움찔했다. 사실 그의 말은 간단명료하기 짝이 없었다.

"일단 네 입부터 다물어."

청월은 자객을 수도로 내려쳐 기절시켰다. 종알거리는 수다를 듣지 않으니 속이 다 후련했다.

"잘하셨어요."

"그렇죠? 하여간 말 많은 놈치고 제대로 된 인간이 없다니까요."

청월은 피식 웃은 뒤 자객들을 한곳에 몰아놓았다.

말이야 웃으며 했지만 속은 그리 편하지 않았다.

그도 자객의 말이 거짓이 아니라 판단했기 때문이다. 자객은 분명 청월보다 먼저 산맥에 도착해 있었다.

동선을 읽지 않고서는 불가능한 일이었다.

'문제는 흑륜지망이란 것이군.'

청월은 불길한 이름을 되뇌었다.

그를 잡기 위해 총력을 기울이고 있는 상황이니 결코 허술한 진을 치지는 않았을 것이다.

하나 그렇다고 순순히 잡혀줄 청월도 아니었다.

그는 개방 거지들을 비롯해 수많은 목숨을 짊어지고 있었다.

그들의 허락이 있기까지는 결코 전진을 멈출 수가 없었다.

"갈까요?"

그는 청연화에게 손을 내밀었다.

*   *   *

밤이 깊어갔다.

산맥에 드리운 어둠은 더욱 짙어졌고 칼바람이 몸을 할퀴고 지나갔다.

청월과 청연화가 의지할 것이라곤 달빛과 별빛뿐이었다.

두 사람은 신중하게 산을 올랐다.

초입부에서 자객을 만난데다 그들이 전한 시퍼런 말 때문이다.

'역시 헛소리를 한 건 아니군.'

청월이 표정이 일그러졌다.

자객의 말대로 산에는 꽤나 많은 무사가 진을 치고 있었다.

청월의 기감이 그들보다 훨씬 넓었기 때문에 마주치지 않았을 뿐이다.

적을 확인한 뒤에는 자연히 이동 속도가 줄었다.

기척을 숨기고 흔적을 지우는 데 시간이 더 걸린 탓이다.

올 때처럼 속도를 냈다가는 전면전을 선포하는 꼴이 된다.

조심스런 이동이 계속되는 가운데 자정이 지났다.

"오늘은 여기까지 걷죠."

앞장서던 청월이 우뚝 멈췄다.

"제 걱정은 하지 않아도 됩니다. 더 이동하셔도 상관없어요."

청연화가 말했다.

청월은 항상 그녀의 체력을 고려해서 휴식을 가졌다.

하지만 지금 같은 상황에서 쉰다는 것은 사치라고 생각했다.

마령교가 쫓고 있으니 격차를 벌이지 않으면 안 됐다.

"그것 때문이 아닙니다."

"그럼 대체?

"더 큰 문제가 있어요."

청월이 씁쓸하게 대답했다.

그가 멈춘 것은 더 이상 이동이 불가능했기 때문이다.

기감으로 살피니 이곳부터 산중턱까지 무사들이 엄청나게 우글거렸다.

지금처럼 이동했다가는 필시 칼부림이 날 것이다.

이제는 새로운 방향을 모색해야 했다.

"흑륜지망이라는 거, 보통이 아닌 것 같아요."

청월이 푸념조로 한마디 했다.

그는 이동 중에 청연화를 숨겨놓고 주변을 돌기도 했다.

그리고 자객들이 말한 흑륜지망의 정체를 깨달았다.

흑륜지망은 상대를 원형으로 포위하는 작전이었다.

이것이 무서운 것은 원 안에 또 다른 소형의 원이 계속된다는 데 있었다.

종국에 가면 이것은 상대를 완벽하게 감싸는 절대적인 방어진이 되고 만다.

지금도 마령교도들은 산 정상을 향해 원을 그리고 있었다.

그것이 완성되는 순간 함정에 빠진 쥐 신세가 되리라.

"그렇군요."

청월이 설명을 마치자 청연화의 표정도 어두워졌다.

개방도가 시간을 벌었다고 해서 낙관할 상황이 아니었던 것이다.

"심려 마세요. 마령교도 빠져나왔으니까 그보다 더한 일도 해낼 수 있어요."

"그럴까요?"

"그래야죠. 그래야만 해요."

두 사람은 서로를 보며 피식 웃었다.

그들은 생사고락을 함께하는 전우였다. 혼자라면 할 수 없는 일을 둘이서 함께 이뤄내고 있었다.

"저… 목마른데 물 좀 마실게요."

청연화가 근처에 있는 연못으로 향했다.

그런데 그녀가 손으로 물을 받으려는 순간이었다.

청월이 쏜살같이 달려와 청연화의 손을 탁 쳤다. 물은 그녀의 상의를 흠뻑 적시고 말았다.

"어째서……."

"이 물은 마시면 안 돼요."

청월이 검지로 한곳을 가리켰다.

그곳은 물풀이 자라난 곳이었는데 자세히 보니 배를 뒤집고 물고기들이 죽어 있었다.

마령교도들이 독을 푼 것이다. 청연화는 망연자실한 표정을 지었다.

"이젠 물도 제대로 마실 수 없네요."

그녀는 한숨을 쉬며 고개를 떨어뜨렸다.

'청 소저도 나 때문에 고생이 많구나.'

청월은 그런 그녀를 보며 연민의 감정을 느꼈다.

그녀 자신만을 위했다면 지금쯤 천하맹의 보호를 받으며 편히 지냈을 수도 있었다.

"미안해요, 청 소저."

"그런 말 마세요. 제가 택한 길이니까 책임도 제가 지는 거예요."

청연화가 말을 이었다.

"그리고 목이 마를 땐 모과를 생각하면 돼요. 생각만 해도 침이 고이거든요."

그녀의 밝은 모습에 청월은 그저 웃고 말았다.

누구보다도 힘들 텐데 여인이 오히려 자신을 위로하고 있었다. 청연화의 마음씀씀이에 절로 가슴이 따뜻해졌다.

"네, 그럴게요."

청월은 그녀와 함께 작은 굴로 이동했다.

이동이 의미가 없으니 차라리 편히 쉬기로 마음먹은 것이다. 그들이 자리 잡은 굴은 매우 비좁았는데 둘이 누우면 꽉 찰 것이다.

다행인 점이라면 바람이 잘 들지 않고 달구경을 편히 할 수 있다는 점이다.

'방법을 찾아야 하는데.'

청월은 입술을 꼭 깨문 채로 하늘을 응시했다.

하나 머리를 쥐어짜고 또 쥐어짜도 도무지 방법이 없었다.

흑룡지망은 치밀하고 교묘했다. 지금의 속도라면 이틀 안에 포위망이 완성될 것이다.

당장 떠오르는 것은 정면 돌파였지만 무리라는 건 스스로가 가장 잘 알았다.

'그래, 청명산 때와는 경우가 다르니까.'

그는 속으로 중얼거렸다.

이번에 그들을 압박하는 것은 마령교도였고, 개중에는 세 명의 귀존도 포함되어 있다.

청월이 아무리 강하다고 해도 이들을 혼자 상대할 수는 없었다. 지금 기대할 수 있는 건 산 내부에 우회로가 있기를 바라는 것뿐이다.

"무슨 생각을 그리 골똘히 하세요?"

청연화가 눈을 빛내며 물었다.

"어떻게 하면 마령교 놈들을 골탕 먹일까 생각 중입니다."

"그렇게 재미있는 걸… 혼자 하고 계셨어요?"

"하하하! 들켰네요."

청월이 유쾌하게 웃었다.

"사실은 저도 계속 그 생각을 하고 있었어요."

그녀가 배시시 웃으며 말을 이었다.

"힘으로 부딪치는 건 역시 가망이 없을 것 같아요. 그러니까 조금 다른 방법을 써보는 건 어떨까요?"

"다른 방법이라 하면……."

"우리가 마령교도로 위장하는 건 어때요?"

청연화가 의견을 내놓았다. 그녀도 여기까지 오는 동안 숱한 고민을 했다.

"위장을 하면 좀 더 이동이 자유롭지 않을까요?"

"그것도 괜찮은 방법이기는 하지만……."

청월이 마땅치 않다는 듯 고개를 갸웃거렸다.

"어설프게 접근했다가는 오히려 집중된 화력에 무너질 수 있습니다."

"그래도 가능성이 전혀 없는 건 아니에요. 이번엔 저를 믿어보세요."

청연화가 설명을 이었다.

청성파의 비극 이후 그녀는 마령교도와 이십 년을 함께 생활했다. 그들의 행동 양식이나 예식 등은 익히고 싶지 않아도 익힐 수밖에 없었다.

계급이 낮은 무사가 상관을 대하는 방식, 기타 인사법이나 잡기에 대한 지식도 풍부했다.

그녀는 당장에라도 마령교도인 척 연기할 자신이 있었다.

"청월 공자 생각은 어때요?"

청연화가 최종적으로 의견을 물었다. 청월은 잠잠히 있다가 곧 고개를 끄덕거렸다.

마령교도가 턱 끝까지 닥친 이상 다른 방법은 없을 듯했다.

"좋습니다. 청 소저에 뜻을 따르도록 하겠습니다."

"그죠? 이 방법이 가장 좋을 것 같죠?"

그녀의 얼굴에 천진난만한 미소가 피어올랐다. 청월을 도왔다는 생각에 뿌듯한 것이다.

"그럼 예식부터 설명을 드릴게요."

청연화가 조용조용히 설명을 이어갔다.

그녀의 목소리와 함께 밤은 더욱 깊어만 갔다.

『불사지존』 5권에 계속…

이제부터 전자책은

이젠북

www.ezenbook.co.kr

❀ 새로운 세계가 열린다! ❀

한백림 『천잠비룡포』   천중화 『그레이트 원』
좌백 『천마군림』   송진용 『몽검마도』
현대백수 『간웅』   김석진 『더블』
김정률 『아나크레온』   백연 『생사결─영정호우』
임준후 『켈베로스』   예가음 『신병이기』
진산 『화분, 용의 나라』   남운 『개방학사』

이름만 들어도 황홀할 정도의 별들의 향연!

이들의 "유료연재"가 시작됩니다!

검색창에 **이젠북** 을 쳐보세요! ▼ 🔍

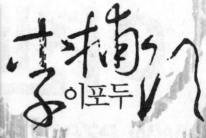

노주일 新무협 장편 소설
FANTASTIC ORIENTAL HEROES

청어람이 발굴한 신인 「노주일」
그가 선사하는 즐거운 이야기!

내 나이 방년 스물셋. 대륙을 휘몰아치는 전쟁에서
간신히 살아남아 고향으로 돌아왔다.
사실 전쟁은 이미 이기고 지는 건 문제도 아니었다.
단지 전후 협상만이 탁상공론으로 오고 갔을 뿐.
하지만 전쟁터에서는 항시 사람이 죽어 나갔다.
이유도 알지 못한 채 그냥.
그러던 차에 전후 협상처리가 되고 나서 전역했다.
그리고는 곧장 뒤도 돌아보지 않고 고향으로!

『이포두』

내 가족과 내 친구가 있는 곳으로!

Book Publishing CHUNGEORAM

유행이 아닌 자유추구 -
WWW.chungeoram.com

FANTASTIC ORIENTAL HEROES

無生錄
무생록

이민섭 新무협 판타지 소설

죽지 못하는 자는 살지 못하는 것과 같다.
그래서 그는 스스로를 무생(無生)이라 부른다.

은퇴한 기인들의 마을, 득도촌
그곳에서 가장 기이한 자는…
은거기인들마저 놀라게 하는 한 명의 청년

"그 무엇도 궁금해하지 말 것!"

부엌칼로 태산을 가르고,
곡괭이질로 산을 뚫는 자, 무생!

흘러 들어온 남궁가의 인연으로,
죽지 못해서 살아온 그가
이제 죽기 위해 무림으로 나선다.

살지 못한 자가 비로소 살게 되었을 때
천하가 오롯이 그의 것이 되리라!

Book Publishing CHUNGEORAM

유비어 아님 저유추구
WWW.chungeoram.com

FUSION FANTASTIC STORY
천성민 장편 소설

짐승의 규칙

『무결도왕』 『다크로드 블리츠』
천성민 작가의 신간!

살아야만 했다.
나를 위해 희생당한 부모님을 위해.
복수를 위해.

죽여야만 했다.
내가 살기 위해 타인의 목숨을.

그렇게……
나는 짐승이 되었다.

Book Publishing CHUNGEORAM

유행이 아닌 자유추구 -
WWW.chungeoram.com

FANTASY FRONTIER SPIRIT

이중민 판타지 장편 소설

Mighty Warrior 영웅병사

복수를 다짐한 소년 병사.
붉은 제국을 향해 깃발을 세운다.

「영웅병사」

평온한 유년 시절을 보내던 비첼.
어느 날, 붉은 제국의 깃발 아래에 사랑하는 가족을 빼앗기고 만다.

"도끼… 도끼라면 다룰 줄 압니다."

병사가 되고자 참가한 전쟁에서 소년은 점점 영웅이 되어 간다!

쓰러져가는 아버지의 등을 억하며,
아직 어린 소년으로서 도끼를 들고 붉은 제국과 싸우 위해 일어선다.

제국과의 전쟁에 스스로 뛰어든 소년.
병사. 비첼 악센트.
이것이 영웅 탄생의 시작이다!

Book Publishing CHUNGEORAM

유치위아이란 자유로우구 ·
www.chungeoram.com

ASTIC ORIENTAL HEROES

도검 新무협 판타지 소설

新刀焚魂 패도무혼

최대 장르문학 사이트 문피아,
최단기간 100만 조회수 돌파!
전체 선호작 베스트! 골든베스트 1위!
2013년 하반기 최고의 기대작!

「패도무혼」

정파의 하늘 천하영웅맹의 그림자 흑영대.
그곳에 흑영대 최강의 사내
흑수라 철혼이 있다.

"저들은 뭔가 대단한 착각을 하고 있다.
…개떼는 목숨을 걸어도 개떼일 뿐……"

난 맹수들을 잡아먹는 포식자, 흑수라다.

눈가의 붉은 상흔이 꿈틀거릴 때,
피와 목숨을 아귀처럼 씹어 먹는 괴물
흑수라가 강림한다!

Book Publishing CHUNGEORAM

유행이 아닌 자유추구 -
WWW. chungeoram.com